小文艺·口袋文库
小说

成为你的美好时光

请女人猜谜

孙甘露

目录

请女人猜谜
...001...

忆秦娥
...057...

仿佛
...109...

请女人猜谜

……我们有的不过是被我们虚度的瞬间,在时间之内和时间之外的瞬间,不过是一次消失在一道阳光之中的心烦意乱……或是听得过于深切而一无所闻的音乐……

——T·S·艾略特

怀念她们

这篇小说所涉及的所有人物都还活着。仿佛是由于一种我所遏制不住的激情的驱使,我贸然地在这篇题为"请女人猜谜"的小说中使用了她们的真实姓名。我不知道她们会怎样看待我的这一做法。如果我的叙述不小心在哪儿伤害了她们,那么,我恳切地请求她们原谅我,正如她们曾经所做的那样。

　　这一次,我部分放弃了曾经在《米酒之乡》中使用的方式,我想通过一篇小说的写作使自己成为迷途知返的浪子,重新回到读者的温暖的怀抱中去,与其他人分享二十世纪最后十年的美妙时光。

在家中读《嫉妒》

　　那年夏天。当然,我就不具体说是哪年夏天了。我在家里闲待了一个月,因为摔伤了手臂。白天,除了在几个房间里来回走动,就是颠来倒去地读罗布–格里耶的《嫉妒》。我无聊地支使自己仔细辨认书中的房间,按照小说的叙述,绘制一张包括露台在内的具体方位的平面图。我发现,按照罗布–格里耶的详尽描述,有一件物品是无论如何也放不到小说中所说的那个位置的。这极为重要。当然，不爱读《嫉妒》的读者例外。我问过十个人，其中一个是在街上冒险拦下的。十个人都不爱读。我想，我就不在这儿披露我的发现了。

尽管读《嫉妒》占去了我白天的大部分时间，在我的为炎热包围的感觉中，它仍是一件次要的事情。

一天傍晚，也就是男女老少纷纷洗澡，而又叫洗澡这事儿闹得心烦意乱的时候，我正坐在走廊里的席子上发愣。家里人全都看电影去了。我既没吃晚饭也没去打开电灯。这时，有人按响了门铃。

现在，我回忆当时所有的细节，总感到在哪儿有些疏漏。我首先感到门外是个我所不认识的人。我慢慢地走过去，打开了门。

果然是个女人。

她自我介绍说，她是因为读了我的小说来找我的麻烦的。她站在暗中，我看不清她的脸。我家对面的人家像是参与了这个阴谋似的，既看不见灯光也听不见动静。

我对这类事一点好奇心也没有,我讨厌这些不明不白的人来跟我谈小说。但我内心慌乱,我想,是不是因为我没吃晚饭。

我问她都读过哪些小说,她说全部。我再问,读过《眺望时间消逝》吗?她像是在思考我是不是在诈她,停顿了好一阵才说没有。我说那我们没什么可谈的了。其实我还没写这部书。

我不记得她是怎么走的,反正她说还要来,那语气就跟一个杀手没什么两样。她说先去把《眺望时间消逝》找来读一遍再说。

我回到席子上坐下,惊魂未定,寻思是否要连夜赶写一部《眺望时间消逝》。这时,门铃又响了。这回是看电影的人们回来了。他们大声喝问为什么不开灯,为什么不做饭,为什么……

有一件无关紧要的事在这儿说一下,我是半个月前从摩托车上摔下来的。当时我正绕着一个大花坛的水泥栅栏拐弯,冲着一辆横着过来的自行车做了一个避让动作，结局是飞身扑向地面，左肩先着地，就像有谁拉了我一把似的，一点也不疼。实际上是没有了知觉。许多人围上来看，指指点点，比划着什么，好像我没有摔死真是奇怪。他们不知道从车上失控飞出到接触地面虽然是一瞬间，但你能非常清晰地看到地面在你身下朝后飞速退去，最后一刹那，地面仿佛迎着你猛地站了起来。一个黑人作家描写过类似感受。

无可挽回。这是我能想到的比较诗意的词句。

我终于没写《眺望时间消逝》，好像是因为手臂疼得太厉害了。虽然骨头没伤着，但肌肉严重拉伤，我得定期去医院做理疗。

那天，我被护士安置到床上，接上电源。正寻思那个神秘的女人是怎么回事儿，那女护士转过身来，拉下大口罩，说：我读完了《眺望时间消逝》。

她注视着我的眼睛。"你要是感觉太烫，就告诉我。"

"不。"我看了床头的仪器一眼,什么玩意儿,一大堆电线从一只铝合金的匣子里通出来,刻度盘上的指针晃晃悠悠的。"不烫。"我重申了一遍。

她微笑了一下,在我身旁坐下,替我把手臂上的沙袋重新压了一下。

"你认为《眺望时间消逝》是你最好的小说吗?"

我一时没了词。这是怎么了,她是认错人了吧。

"你为什么一开始要提那条走廊,这样做不是太不严谨了吗?这是一部涉及情感问题的小说,你要是先描写一朵花或者一湾湖水倒还情有可原,你的主人公呢,为什么写了四十页,他还没有起床?"

"你弄错了,"我想她明显是弄错了,"我的主人公一开始就坐着,他在思考问题,直到结束,他一直坐着。"

"可我为什么感到他是躺在床上呢?"

我在想一些小说的基本法则,好来跟她辩

论。比如，第一个句子要简洁。从句不要太多。杜绝两个以上的前置词。频繁换行或者相反。用洗牌的方式编故事。在心绪恶劣的时候写有关爱情的对话。在一个句子里轮流形容一张脸和一个树桩……

进入河流

在写作《请女人猜谜》的同时，我在写另一部小说：《眺望时间消逝》。这个名字来源于弗朗索瓦·萨冈的一部小说。那部小说叙述的是萨冈所擅长的那种犹犹豫豫的爱情。我提到这些，不是为了说明我在写这篇小说的时候是不够专心致志的，而是因为萨冈是后所喜爱的作家，尽管后坚持认为萨冈描写的爱情是不道德的。

你看，我已经使用了很多约定俗成的字眼了，但愿你能理解我的意思，而不仅仅是那些字眼。

如果睡眠不受打扰

　　我冒险叙述这个故事，有可能被看作是一种变态行为。其难点不在于它似乎是一件极为遥远的事情，而在于它仿佛与我瀚海般的内心宇宙的某一迷蒙而晦涩的幻觉相似，在我费力地回溯我的似水年华时，犹如某个法国女人说的，我似乎是在眺望时间消逝。

　　假如我坦率地承认我的盲目性，那么我要声明的是，我是这个故事的转述者。但我无力为可能出现的所有含混之处负责，因为这个故事的最初的陈述者或者说创造者是一个四处飘泊的扯谎者。

　　这个地方曾经有过许多名字，它们或美妙或丑恶，总之都令人难以忘怀，我不想为了我叙述的方便，再赐予它什么外部的东西了，我就叫它房间吧，因为我的故事的主人公叫士。他是一个被放逐者。

这个故事源自一些梦中的手势。

我想我一生中可能写成不多的几部小说，我力图使它们成为我的流逝的岁月的一部分。我想这不能算是一个过分的奢望。

我写这篇小说的时候刚好是秋季。我的房间里空空荡荡的，除开我和那把椅子，再就是墙上画着的那扇窗户以及窗棂上的那抹夕阳了。

《眺望时间消逝》是我数年前写成的一部手稿，不幸的是它被我不小心遗失了，还有一种可能是它被我投入了遐想中的火炉，总之它消失不见了，我现在是在回忆这部小说。

我做的第一件事是在墙上画出一扇门。这件事非常紧急，因为外面已经有人准备敲门了。

这个人是一个流亡者，如果我的记忆没有发生错误的话，她来自森林腹地的一片沼泽。她就是与传说中的弑父者同名的那个女子，她叫后。

令我感到绝望的是，我不记得后此行的目

的了。仿佛是为了寻找她的母亲，也可能是为了别的什么事情，比如，好让旅途之风吹散在她周身萦回不去的血腥之气。

我现在只能暂时将这一恼人的问题搁置不顾。或者假设她没有目的……

我已有很长一段时间足不出户，而旅行和寻找却依然是我的主题。我与自己温存地谈论这些，全不知它是一个古老的话题，已经被埋没了数千年了。

开始部分我就纠缠于一些细枝末节，孜孜不倦地回味后的往事，历数她美好的品德，刻画她光彩照人的性格，即使涉及她的隐私，也不忘表现其楚楚动人之处，似乎我对她了若指掌。

或许不是这样。我只是对她的遭遇表示了同情，将后的处境设计得悲惨而又天衣无缝，使人误以为那是一出悲剧，或者至少是一出悲剧的尾声。

可以肯定的仅有一点，那就是她已不是一位处女了。

接着，我描写了后所到之处的风景，似乎是为了探索环境的含意，我将秋天写得充满了温馨之感，每一片摇摇晃晃飘向地面的树叶都隐含着丰沛的情感，而季节本身则在此刻濒临枯竭。

但令人悲痛的是，在我的思绪即将接近我那部佚失的手稿时，我的内心突然地澄澈起来，在我的故事的上空光明朗照，后和她的经历的喻义烟消云散，而我置身于其中的房间也已透进了真正的晚霞。我的后已从臆想中逃逸，而我深爱着的仅仅是有关后的幻觉。

我的故事的另一位主人公士是一位好兴致的男人。他的年龄我无法估量，设若他没有一百岁，那么他至少可以活到一百岁。不幸的是他生活在另一个时代，他完完全全不接受他所处的境遇，他按照记忆中的时间固执地前往记忆中的地点，并且总是扫兴地使自己置身于一群尖酸的嘲弄者中间，他曾经是一位惊天动地的人物，而现在仅仅是一个瞎子。

此刻，他正在路边与后谈话，劝告她不要虚度年华。

"好了，我说完了，现在你不要挡我的道。"士严厉地命令后给他让路，"我要赶着去会一位友人。"

后的神色非常高贵，她伸开双臂似乎要在暮色中拥抱士，"老人，请你告诉我……"

遗憾的是士不能满足后的要求。

士最初是一位医学院的学生，因为偷吃实验室里的蛇而遭指控。于是，士放弃医学转向巫术。他在这个城市的街道上昼夜行走。

我先把士的结局告诉你。他最终成了一个真正意义上的残废。而后的结局是疯狂，一种近似迷醉的疯狂。她寓居在我的家中，随着时光的流逝渐渐地成了我的妻子。如今，我已确信，我是有预言能力的，只要我说出一切并且指明时间和地点，预兆就会应验。

祈祷

很久以来,我总在怀疑我的记忆,我感到那些不期而至的诡异的幻觉不时地侵扰着它,有点类似印象主义画家笔下的肖像作品,轮廓线是模糊不清的,以此给人一种空气感。女护士的容貌在越来越浓的思绪的迷雾中消隐而去。时至今日,我甚至怀疑这一场景是我因叙述的方便而杜撰出来的。不然,它为什么总在一些关键处显得含混不清,总好像缺了点什么,而在另一方面又好像多了点什么,比如,一天似乎有二十五个小时。

我询问自己,我是否在期待艳遇,是否为梦中情人、心上人这一类语词搅昏了头,以为某些隐秘的事情真会随着一支秃笔在纸上画弄应运而生。

我以后还见过后,那是在我的一位朋友的家里。

这位朋友家独自占有一个荒寂的院子,住

房大到令人难以置信。那是一个傍晚，来给我开门的正是后，她穿着一件类似睡袍的宽大衣裙。原先照在生了锈的铁门上的那一抹霞光正映在后的脑门上。

我跟她说，我没想到她也住在这儿。后说我这是一种比喻的说法，生活中很常见的。我没明白后的意思，跟在她的身后，向游廊尽头的一扇门走去。这可能是从前法国人盖的房子，在门楣上有一组水泥的花饰，巴洛克风格的。我正这么胡乱琢磨着，后在前面叫了一声。

她正仰着脑袋与楼上的一个妇人说话。那人好像跟她要什么东西，后告诉她在某个抽屉里，然后那人将脑袋从窗口缩了回去。

我预感到这院子里住着很多人，并且过的不是一种日常生活，而是仿佛在上演一出戏剧的片断。

这出我权且将它称作"眺望时间消逝"的戏剧是这样开始。人们总是等到太阳落山的时候跑到院子里站一会儿，他们总是隔着窗子对话，他们的嗓音嘶哑并且语焉不详，似乎在等待某种超自然的力量来战胜某种闲适的心态。他们在院子的阴影中穿梭往返是为了利用这一片刻时光搜寻自己的影子。因为他们认为灵魂是附在影子上的。当然还有另外的说法。譬如,一个对自己的影子缺乏了解的人是孤独的。

院内人们的生活是缺乏秩序的,他们为内心冲动的驱使做出一些似是而非的举动。我想象后来给我开门即属此列。我推想院内的人们是不接纳外人的。因为他们生活在一种明澈的氛围之中。犹如陷入沉思的垂钓者,平静的水面无所不在而又视而不见。

这时候开始亲吻

在殖民地的夏季草坪上打英国板球的是写哀怨故事的体力充沛的乔治·奥威尔先生。一个星期之前的一个令人伤感的下午,他举着橄榄枝似的举着他的黑雨伞,从远处打量这片草坪时,他想到了亨利·詹姆斯的那部从洒满阳光的草坪写起的关于一位女士的冗长小说。他还想起了一个世纪之前的一次有关罗马的含意暧昧的诀别。"先生,您满意吗?"他在夏季这不紧不慢的雨中问自己。"不,我要在走过门厅时,将雨伞上的雨水大部分滴在地板上。"在乔治·奥威尔先生修长的身后,俯身蹲下的是仆役,是非常勤快的士。地板上的水很快就会被擦干净。生活是平淡而乏味的。这双靠得极近的浅蓝色的眼睛移向栅栏外的街道,晚上他将给妻子写信:亲爱的……

没有人了解士,正像人们不了解一部并不存在的有关士的书。城里人偶尔兴奋地谈起这个守床者,就像把信手翻至的某一页转达给别人,并不是基于他们对这一页的特殊理解,而是出于他们对片断的断章取义的便捷的热爱。他们对士的浮光掠影式的观察,给他们武断地评价士提供了肤浅的依据。士有一张深刻的脸,他会以一种深刻的方式弯腰捡球,他将高高兴兴地度过草坪边的一生,球童的一生,高级仆役的一生,反正是深刻而值得的一生,不过是被践踏的一生。当他被写进书里就无可避免地成了抽象而乏味的令人生厌的一生。

乔治·奥威尔先生在英吉利海峡的一次颇为委婉的小小的风浪中一命归天,给心地善良的士的职业前程蒙上了不悦的阴影。

那是一个阴雨天,乔治·奥威尔先生的朋友们因场地潮湿只好坐在游廊里喝下午茶。他们为被允许在主人回国期间任意使用他的球场和他的仆役而心中充满了快意。他们的好兴致只是由于坏天气稍稍受了点儿影响。他们用文雅的闲聊文雅地打发这个无聊透顶的下午,这种文明而颓废的气氛令在场的一条纯种苏格兰猎犬昏昏欲睡。感到惊讶的是在一旁听候使唤的士。他在伺候人的间隙不时将他老练的目光越过阴沉沉的草坪,投向栅栏之外的街道。他欣慰地睨视那些在雨中匆匆跑过的车夫,由衷地怜悯这些在露天奔波糊口的同胞。乔治·奥威尔先生和他的高雅的朋友们在雨天是不玩球的,即使场地有一点湿也不玩。士知道这是主人爱惜草坪而不是爱惜他。但他为如此幸运而得意。而幸运就是要最充分地体验幸福。这是乔治·奥威尔先生的无数格言之一。

士看见骑着脚踏车的信差将一封信投进花园门口的信箱,他顺着思路怜悯起这个信差来。他没去设想一个噩耗正被塞进了信箱,塞进了行将烟消云散的好运气。

当士为草坪主人的朋友端上下一道点心时,他领受了这一不啻是灾难的打击。士的反应是沉稳而符合规格地放下托盘。银制器皿和玻璃的碰撞声在他的心上轻轻地划下了一道痛苦的印记。

这个毕生热爱航海的英国佬就此从士的视野中消失了。据说,海葬倒是他生前诸多微小的愿望之一。

诗人以及忧郁

也不知是从什么时候开始,我热切地倾向于一种含糊其词的叙述了。我在其中生活了很久的这个城市已使我越来越感到陌生。

它的曲折回旋的街道具有冷酷而令人发怵的迷宫的风格。它的雨夜的情怀和晴日的景致纷纷涌入我乱梦般的睡思。在我的同时代人的匆忙的奔波中我已由一个嗜梦者演变成了梦中人。我的世俗的情感被我的叙述谨慎地予以拒绝，我无可挽回地被我的坦率的梦想所葬送。我感到在粉红色的尘埃中，世人忘却了阳光被遮蔽后那明亮的灰色天空，人们不但拒绝一个详梦者同时拒绝与梦有关的一切甚至梦这个孤单的汉字。

我读过一首诗。（这首诗的作者有可能是士。）我还记得它的若干片断，诗中有这样的语句：成年的时候我在午睡／在梦中握紧双手／在灰色的背景前闭目静坐／等她来翻开眼睑／她忧郁的头发／夏季里的一天。

这首诗的结束部分是这样的：手臂之间／思想和树篱一起成熟／拥抱的两种方式／也在其中。

这个人有可能以某种方式离开我们。我们现在就是在他的房间里，准备悼念他。我们悼念所有离开了我们的人。我们将在适当的时候离开我们自己。

我们的故事和我们写作这个属于我们的故事的时间是一致的。

它和阅读的时间不一致，它不可能存在于无限的新的阅读经验之中。它触及我们的想象，它是一团逐渐死去的感觉，任何试图使它复活乃至永生的鬼话都是谎言。

下午或者傍晚

在士的一生中，这是最为风和日丽的一天。正是在这个如今已难以辨认的日子里，士成了医学院的一名见习解剖师。他依然十分清晰地记得从杂乱无章的寝室去冷漠而又布满异味的解剖室时的情景。当他经过一个巨大的围有水泥栅栏的花坛时，一道刺目的阳光令他晕眩了片刻。一位丰满而轻佻的女护士推着一具尸体笑吟吟地打他身旁经过。士忽然产生了在灿烂的阳光中自如飘移的感觉，然后，他淡淡一笑。他认识到自古以来,他就在绕着这个花坛行走,他从记事起就在这儿读书。有多美呀,他冲着女护士的背影说了一句。从此,士爱上了所有推手推车的女性,倘若她们娇艳,他则备加珍爱。

夏天和写作

整整一个夏天,我犹如陷入了梦魇之中。我放弃了我所喜爱的法国作家,把他们的作品塞进我那布满灰尘的书架。即使夜深人静,独处的恬适促人沉思时,我也一反常态不去阅读它们,仿佛生怕被那奇妙的叙述引入平凡的妄想,使我丧失在每一个安谧的下午体会到的具体而无从把握的现实感。

我的手臂已经开始康复,力量和操纵什么的欲望也在每一簇神经和肌肉间觉醒,我又恢复了在房间里的烦躁不安的走动。我在等待女护士的来临。

那个令人焦虑也令人愉快的夏季,后每

天下午都上我这儿来。她给我带来三七片也给我带来叫人晕眩的各类消息,诸如步枪走火,尸体被盗,水上芭蕾或者赌具展销。当然,我逐渐听懂了后的微言大义,她似乎要带给我一个世事纷乱的假象,以此把胆战心惊的我困在家中。

"你写吧,你把我说的一切全写下来。"后注视着我,嘱咐道。

我知道,有一类女性是仁慈的,她们和蔼地告诉我们斑驳的世相,以此来取悦她们自己那柔弱的心灵。而这种优雅的气质最令人心醉。

我爱她的胡说八道,爱她的唾沫星子乱飞,爱她整洁的衣着和上色的指甲,爱她的步履她的带铁掌的皮鞋,总之,后使我迷恋。

整个夏天我从头至尾都是后的病人,我对她言听计从,我在三伏天里铺开五百格的稿纸,挥汗抒写一部可能叫作《眺望时间消逝》的书,我把后写进我的小说,以我的想入非非的叙述整治这个折腾了我一个夏天的女护士。我想我因交通事故落入后的手中如同她落入我的小说均属天意，这就是我们感情的奇异的关系。

我从来不打听后的身世，我向来没这嗜好。这倒不是我有什么优异的品德，只是我的虚构的禀赋和杜撰的热情取代了它。我想这样后和世界才更合我的心意。

我和后相处的日子是短暂而又愉快的，我从不打算在这类事情上搞什么创新，我们同别人一样说说笑笑，吵吵闹闹。对我们来说那种老式的、规规矩矩的、不太老练的方式更符合后和我的口味。我学习二十世纪五十年代的激情把白衬衫的袖子卷得高高的，后学习三十年代的电影神色匆忙地走路。我们的爱情使我们渐渐地离原先的我们越来越远。我们相对于从前的岁月来说，已经面目全非。这种禁闭式的写作使我不安到如一名跳神的巫师，而每天准时前来的后则神色可疑得像一个偷运军火的无赖。我们在炎热的日子里气喘吁吁的，像两只狗一样相依为命。我们谈起那些著名的热烈的罗曼史就惭愧得无地自容。我们即使耗尽我们的情感也无济于事。于是，我们的爱情索性在我们各自的体内蹲伏起来。我们用更多的时间来琢磨傍晚的台风和深夜的闪电，等待在窗前出现一名或者两名魔鬼，我们被如许对恐惧的期盼统摄着，让走廊里的窗户叫风雨捣弄了一夜也不敢去关上。

我在研究小说中后的归宿时伴着惊恐和忧虑入睡，而后一直坐着等待黑夜过去。

永垂不朽

"我永远是一个忧郁的孩子。"说这句话的人是守床者士。这会儿，他正徜徉在十二月的夹竹桃的疏朗的阴影里，正午的忧伤的阳光在他屏息凝神的遐思里投下无可奈何的一瞥。他的脸庞仿佛蒙着思绪的薄纱，犹如躺在迷惘的睡眠里的处子。他把自己悲伤地设想为在窗前阳光下写作的作家，纯洁地舒展歌喉吟唱过了时的谣曲的合唱队次高音部的中年演员，战争时期的精疲力竭的和平使者或者某棵孤单的行道树下的失恋的少男。

在士的转瞬即逝的想象里命运的惩罚像祈祷书里的豪雨一样噼啪地下个不停。"我要保持沉默。"他像一个弱智儿童一样对自己唠叨这句过分诗意的叮嘱已有些年头了。尽管士在一生中情欲完全升华到令人困惑的头颅之后,才稍稍领悟到并没有一部情爱法典可供阅读。他这惨淡的一生就像一个弱视者迟到进入了漆黑一团的爱欲的影院,银幕上的对白和肉体是那么耀眼,而他还不知道自己的位置在哪里。按时入场的痴男怨女们掩面而泣的唏嘘声就像是对士的嘲弄。

士是各类文学作品的热心读者,他把这看成是苍白人生的唯一慰藉。文学语言帮助他进入日常语言的皱褶之中,时间因之而展开,空间因此而变形。士感到于须臾之间进入了生命的电声控制室,不经意间打开了延时开关,他成了自己生命声音的影子。这个花哨的虚像与它的源泉形影不离,比沉溺在爱河里的缠绵的情侣更加难舍难分。

当非常潮湿的冬天来临的时候，后已经为自己在热切而宽敞的意念里收藏了好些心爱的玩意儿。列在首位的是一柄在铿亮的锋刃边缘文着裸女的小刻刀。这是后在一个星期六下午于一个吵吵嚷嚷的地摊上看好了的。在此之后，每逢星期六她都要去光顾一下小地摊，将这把小刻刀捧在手心里，端详一番，用手指摩挲着锋刃一侧的裸女，心里美滋滋的。

同样使后心醉神迷的另一件玩物是一叠可以对折起来藏在裤袋里的三色画片，画上是几组精心绘制的小人儿，随着翻动画片可以得到几组乃至几十组遂人心愿而又各各不同的令人赏心悦目的画面来。这玩意儿是由一精瘦精瘦的老者所收藏的。这老人就是士。士的行踪飘忽不定，这给倾慕者后带来了不少麻烦，每当她被思念中的画中人搅得寝食不安时，她总得窜上大街在各个旮旯里搜寻三色画片的占有者。令后自己都感到惊异的是，尽管这些玩意儿全都使她倾心相恋，她的鬼迷心窍的行径也从未使她走上梁上君子的道路，她为自己的纯洁和坚贞由衷地自豪。就这样，她开始了自觉而孤独的人生旅程。

关闭的港口是冬季城市的一大景色，后则是这一奇观的忠实的观赏者。她混迹于闲散的人群之中，他们偶尔只交谈片言只语，意思含糊不清，几乎不构成思想的交流。这一群东张西望的男人女人，没有姓名，没有往事，彼此也没有联系。后在寒冷的码头上用想象之手触摸他们冷漠的面颊。他们三三两两地凑在一块，构成一个与社会疏离的个人幻景。忽然之间，他们中间某个人消失不见了，他们就像失去了一个游戏伙伴，顿时沉下脸来，仿佛他是破坏了规则而被除名的。后在他们中间生活了一阵子，他们用鸡毛蒜皮的小事来划分时代的方式令她胃疼。

询问

所有生离死别的故事都开始于一次爱情。守床者士当时还是一个情窦初开的少年,这个黄皮肤的小家伙的怯生生的情态引发了一位寡妇的暮年之恋。

这位妇人最初是在她的母亲不堪肺结核病的反复折磨引颈自刎之后,于一个冬日的黄昏乘一艘吭哧吭哧直喘气的破货轮上这儿来的。那一年她刚满十七岁,却已经长就了一张妇人的脸,她的并不轻松的旅程使她的容貌平添一层憔悴。犹如牲口过秤一般没等安稳停当,便被一位中年谢顶的牙科医生娶了去,她不费吹灰之力使自己成了这个有着喜闻病人口臭的怪癖的庸医的女佣。正是在这时辰,在她痛不欲生而又无所作为的当口,作为迟暮之恋的过早的序幕上演了。

这个长着一双细长眼睛的美少年每周来上两次声乐课。他总是先轻轻地敲一阵门,然后，退到那一丛夹竹桃中间静静等待着。这一年春天，给士来开门的是这个日后注定要做寡妇的人。士刚刚叫叮叮当当的有轨电车震得有几丝紊乱的脑子清静下来，立即又让一双棕色的眼珠掠去了正常的判断。他们相爱了。当然，实际发生的爱情还要晚些时候才会出现。

士穿过带股子霉味的狭长走廊，来到牙科医生的卧室里。此刻新婚的牙科医生全然不顾户外的大好春光，紧闭窗帘，在靠床放置的那架琴键泛黄就跟病人的牙垢似的钢琴前正襟危坐。他要传授的是用呼吸控制发声。牙医强调了重点之后，便开始做生理解剖式的分析。他用一尘不染的纤长手指轻松地挑开士的小猪皮皮带，开始告诉士横膈膜的位置，以及深度吸气以后内脏受压迫的位置。最后，牙医捎带指出了（同时也是强调指出了）生殖器的位置。他轻轻接触了一下，便收回手来。整个过程士始终屏住呼吸，所有歌唱呼吸的要素连同卡卢索、琪利的谆谆教诲全变成了一片喁喁情话,而那双棕色的眼睛则在卧床的另一侧无动于衷地更换内衣。

我的素材或者说原型是摇摆不定的,有一阵子他们似乎忧郁浪漫,适宜作玛格丽特·杜拉斯或者弗朗索瓦·萨冈笔下的男女,近来他们庸俗多了,身上沾染了少许岛民的褊狭和自命不凡,有点近似奥斯汀或者晚近的安格斯·威尔逊作品中尖酸刻薄的有闲阶层的子弟了。并且未来还有那么遥远、那么漫长的日子,说不准他们还乐意变成什么样子,晒黑了皮肤冒充印第安人抑或非洲土著也难说。

约而言之,我的典型人物是变化多端的,较之热衷于探索所谓小说形式的作者远胜一筹。

我不打算写一部伤感的回忆录,我知道人们讨厌这类假模假式的玩意儿。我们的大胆的暴露和剀切的忏悔早已使人倒了胃口,我们的微小的瑕疵和似是而非的痼疾已不再能唤起人们的恻隐之心。当人们把他们的同情心从一个优雅的躺在床上的变态者的迷人追述中移开时,他们已经宣告了自命不凡的时代的结束。人们谦恭而意味深长地相互告诫:不要自视太高,所谓痛苦是可以避免的。

人们早就认识到了所谓寓言的局限性,我们的疲软的世俗生活不需要此类拐弯抹角的享受。我们把人们惨淡经营的寓言奉还给过去了的岁月,有可能的话还保留给未来。在今日,人们是宁愿要一套崭新的架子鼓和一支烤烟型烟卷的。

当然,尽管尘世的迷雾不停地朝我袭来,使我难以辨认我笔下的人物,但我还是有决心将他们的来龙去脉查个水落石出。我几乎很快就想象出士的若干经历,他曾经居住在一座充满了恶棍和妓女的嘈杂不堪的小城里。他在广场路17号的面具商店里干了多年,在那里虚掷了他的青春和他的寂寞。他每天晚上九点整骑自行车去面具商店,他们通常在半小时之后开始一天的营业。他们主要出售各种定制的面具。客户大都是有趣的人物，诸如，慈爱街纯洁天使什么的，全是一些正派人。

我已经日益衰老，一种对生活的冷漠和刻毒已经跑来损害我的叙述了。我小心地使自己避开那些沿街掷来的流言蜚语，努力使自己忘却人世间告密者的背叛行为以及爱情的创痛。但是，无论如何，我已经成了一个啰里啰嗦的老怪物了，一切事物，我要是不给予它价值判断，我就无法活下去。我完全放弃了幽默感，我所擅长的就是使性子，尽管我的祖上仅是一名乡间红白喜事上受人雇用的吹鼓手，但一种莫名其妙的自高自大已使我丧失了自知之明。我感觉到士的经历与我是相似的，只是在对待后或者换一句话说在对待爱情这一小问题上所持有的态度有些不一样。

虽然，士和我同样的其貌不扬，并且具有一种鬼鬼祟祟的神情，但士却是一个铁石心肠的男人，他能够轻易地穿过各式各样的爱情的草丛，在两次爱情之间停下来喘气的当口，仍然显得身手矫健。他能够毫不费力地同时扮演忠诚的爱人和偷情者两种角色，与此同时，还可以兼任技巧高超的媒婆、真挚诚恳的喻世者、有正义感的凡夫俗子、阅世颇深的谋士以及心力交瘁的臆想者。他与后的奇遇就是明证。

相形之下，作为叙述者的我无疑逊色多了。我知道后的出现有悖情理，我与后在医院里的种种巧遇也有捏造的嫌疑，这都不是主要的拙劣之处，最为荒谬绝伦的是，我费了如此之大的劲，竟然不能使自己显得相对出色一些。

我与后讨论过这些，她带着下班以后的疲乏神情说："你这是吃饱了撑的。"

远方的乌云已经朝我的头顶飞来，我写的小说和我自己都将经受一次洗涤，我不再坚信我确实写过《眺望时间消逝》这样一部小说。我毕竟不是一个瓦舍勾栏间的说话人，舍此营生我尚能苟活。我开始认识到虚构、杜撰是危险的勾当，它容易使人阴盛阳衰、精神萎靡。我不想使自己掉进变态疯狂的泥坑，因此，我决意再不与后谈什么流逝的时间或者空间。

与此同时，士迅速地开始衰老，他预感到自己病魔缠身，甚至连对纷乱的世事表达一下他的幸灾乐祸的气力都没有了。士对自己的无尽的才华和同样多的善行终将被埋没和忘却感到哀伤，他的痛苦的经历给他带来的伤害已经显得无足轻重，围绕着他的那帮酸溜溜的谗言者给他的哀痛更增添了依据。"我们要振作起来。"他们互相鼓励着，犹如在荣誉和功名前准备冲锋陷阵的乞丐和贫儿。

诚然，这一切都是对士的次要的瞭望，他的内心景观是作者无法揣测的，它是那么的黑暗，那么的深不可测，若我有幸能接近它，我想那一定是个奇观。

我这么写着写着，这个充满了猜忌和诋毁的夏天就快过去了，在烈日下疯狂鼓噪的知了，就要被秋日席间的愁思所取代。痛心疾首地追抚往事就要避难似的混入我的笔端，我终于认识到，写作一篇小说给人带来的毒害要远胜于阅读一篇小说。尘世间心灵最为堕落的不正是我等无病呻吟的幻想者吗？

是啊，我所描写的正是与魔鬼的一次交易。魔鬼所造访的正是这样一些无聊透顶的人。他们被魔鬼追赶着从一个小土坡上翻滚着逃下来，在平地上刚好赶上一场暴雨，他们水淋淋的模样令魔鬼忍俊不禁。于是，魔鬼伸出他那毛茸茸的长腿再一次绊倒了他们中间的一个，令他来了个嘴啃泥，谁知这一跤使他焕发了情欲，他毫不在乎地从泥地上爬起身来，神采奕奕地跟魔鬼拉了拉手，和它交换了一下有关崇山峻岭关山飞渡之类的看法，从此和魔鬼交了朋友。毫无疑问，这个人就是士。他还同魔鬼签了约，答应写作一本煽情的小说。

意外的会晤

我现在提到这架钢琴和那个弹钢琴的男人丝毫没有附庸风雅的意思,你就当我是不小心提到了他。

透过虚掩着的窗户可以看见整个花园,天空灰蒙蒙的,一场阵雨很快就要来临。房间里的光线越来越暗,从钢琴上发出的潮湿的旋律似乎是一个幽灵奏出的。

这时候,坐在阴影前琴凳上的士听到花园里的响动。那不是风吹拂的声音,而是一个女人的脚步声。士离开钢琴,走到写字桌前,从抽屉里取出一柄漂亮的小刀,走到窗前。

"你是在找这个吗?"士大声喝问道。

"是的。"后从花园里抬起脑袋。她听到由钢琴奏出的旋律从窗口飘散到花园里。

"好吧,那么你上楼来吧。"

后看来是个爽气的女子,她顺着七扭八拐的黑暗楼道小心翼翼地来到了士的房间。

钢琴奏出的旋律已经停止，一位老人正对门站立着，他将后引进房间，让她在临风拂动的窗帘下坐好。

"你看，这场雨是无可避免的了。你还是想看这把刀吗？"

后点了点头。"我找了你很久，所有的人都认为你是一位智者。传说你在手术室里与一位死而复生的女人搏斗而扭伤了手臂，从此你就闭门不出。"

士打断她的话："那你怎么会找到这儿来呢？"

"传说你在花园中午睡，并且在阴雨天出现。"

"好吧，你现在仔细端详这件宝物吧。"

后从士手中接过小刀，紧紧地攥在手中。

"那么，请你告诉我，我的母亲现在在哪里？"

士惊讶于后那对美丽的眼睛中流露出的杀气。

"孩子，据我所知，你并没有母亲，犹

如你并没有形体，你是一个幽灵。"

后轻声地笑了起来："你是说我是不存在的喽，就是说是空气，是看不见的喽。"

士显得异常的镇定，他用一种劝慰的语调安稳后的情绪，因为他看见后正转动着手中的那柄小刀。"你手里的东西也是不存在的，你的念头也是不存在的。"

后不由地笑出声来，她从椅子上站了起来，用小刀在自己的手腕上迅速地划了一下。

"我让你看看我的血。"

房间里已很暗，外面开始下雨了。

故事的侧面

许多年以前，一个令人昏昏欲睡的下午，我在一本叫作《博物》的杂志里读到这样一则文字：意大利的卡略尔家族是一个有着二百五十年历史的生产各种枪支的家族，卡略尔牌手枪最负盛名，它历来为西方许多枪械爱好者所收藏。关于卡略尔牌手枪，在阿尔卑斯山一带，二百年来，一直流传着一个令人惊叹不已的传说。

不过，我要说的显然不是这件事。我是一个土生土长的中国人，除了在《博物》杂志上看到过一张一八二五年制造的卡略尔牌手枪的黑白照片外，对卡略尔家族所知甚少。但这无关紧要，故事是关于那张照片的，从某种意义上说是关于那张照片的持有者的。不过，那真是一柄好枪。

这个有关卡略尔牌手枪的故事是阿根廷作家博尔赫斯的一篇小说的大胆的仿作，它的喻义在最乐观的意义上是和那篇著名的小说相重叠的。如果你凑巧读过那部作品，你准明白，我的故事不是一个圈套。当然，就作品的结构来说，任何小说都设有一个圈套，这篇有关一个忧郁的浪游者的故事也不例外。

补白

在这里，我告诉你一些有关我个人的

情况。

最早给我以巨大影响的书是一个法国人写的雪莱传记。它制约了我近三十年的生命。以后怎样不知道。

最初让我感到书是可以写得很复杂的,是列宁的一部著作,书名我忘了。

我最早的理想是成为一个画家,但因指导教师谴责我的素描,在初级阶段我就放弃了。我的视觉为许多绘画作品规定着,比如柯罗和达利。但我不了解颜料的性能。

我少年时代有点惧怕成年男人,觉得他们普遍猥琐,这跟我认识的一个有同性恋倾向的教师有关。

我喜欢古典音乐,我也喜欢流行音乐。喜欢而已。

我常在梦里遭人追杀,看来在劫难逃。

我在诗里写爱情,但这些诗全不是给情人的。我在小说里从来没写过爱情,我不知道这是怎么回事。

指引我的感受性的是拍电影的意大利人

安东尼奥尼。他的作品告诉我,故事讲到一半是可以停下来的。并且可以就此岔开。人很少考虑过去,基本只顾现在,甚至不惜回到原地。做总结的时候除外,小说有可能不是总结。

我迷恋的一个诗人是:奥季塞夫斯·埃利蒂斯。我周围也有一些诗人,他们挖苦人也被人挖苦,这没关系。他们干活、念书、想事情。这样很好。

我见过各种类型的斗殴,钝器和锐利的刀,多为青少年。我痛恨暴力。

我知道是人都会做梦,幻想不需要谁来允诺。

殉难

这片在阳光的照拂下依然显得枯败的夹竹桃是种植在医学院路尽头一座冷冷清清的旧公寓前面的小院子里的,与旧公寓朝西开的一溜小窗唇齿相依的是医学院的解剖实验室。令那些有死亡偏执的人们感兴趣的是，那些未来的外科医生执刀相向的竟然全是旧公寓里的住户。他们不是将弱小细软的腰肢挂在窗台上，就是将笨拙多褶的脖颈架在窗楼上，要不就是赤身裸体地悬在浴室窗帘的后面，至于最剧烈的举动则是像跨栏运动员一般穿着裤衩从卧室的窗口一跃而下……余下的苟延残喘者终日闭门不出，他们在窗户后面偷偷朝外张望，岁月就在楼外的院子里悄然流逝……

对士这样一个神情忧郁而又缺乏勇气的男子来说，那是所有夜晚中最使他胆战心惊的夜晚。士跟着其余的人在一个正在拆除准备重建的建筑里瞎转悠，那股子从断木和废砖里涌出的霉湿味几乎使人窒息，他们并不爱好这种气味，只是在这处巨大的怪影里等候，伺机扑到外面的街道上去，显示他们的勇敢或胆怯。

这一时刻对士来说是铭心刻骨的，他记得那时候他是那么年轻，年轻到对一切全都忘乎所以。他对自己置身于这一群相貌堂堂、冷酷无情的流氓中间深感满意。他们在一周之前选好街道，于一天之前使仅存的一盏路灯失去了光辉。此刻，他们为一股低能的热情蛊惑着，在一片黑暗中来回折腾着双脚，仿佛地面是一只烫脚的火轮。

最初的冲击是怎样开始的士已经记不清楚了。就在对方出现在街口的阴影中时，士突然感到小腿肚子抽筋了。他还没有来得及沉思这一状态的严酷性，斗殴就像战争一样爆发了，双方似乎是势均力敌的，他们在漆黑一团的街道上互相追逐，嘴里像牲口一样发出粗浊的喘气声。忽然有一个身材高大的汉子朝士迎面走来，他步履轻捷，如在水上，士没有作出任何反应，他似乎乐于接受命运赐给他的一切。那人抬腿朝士的下体猛踢一脚……

这是士所接受的第一次也是唯一的一次令他深恶痛绝的抚慰。

杂志放在长桌上

杂志放在长桌上，它的表面呈现出若干褐色的斑点。这本杂志已经被它的主人保存了很久了，纸张开始变脆，散发着一股子霉味。士沉默无语地将它摊开，小心地将它翻给后看。明信片、海滩、词典、城堡、手推车、熟睡的婴儿、冬季的景色、一位女护士的侧影，然后，在翻过一瓶红色葡萄酒之后，出现了那把卡略尔牌手枪。

"你看。"

"就是这把枪？"

"我第一次看到它大约是在十年之前。"

他俩用一种徐缓的、缺乏戏剧性的口吻对话。这一时刻是如此令人信赖。

天色开始昏暗，院子里的草地蒙上了一层黯淡的湿气。夜晚即将来临。夜风已经开始吹动地面上的纸屑和浮土。士开始回忆他所经历的时代点点滴滴的细节，他的朋友们身穿绸衫，手执描鸾绘凤的纸扇坐一站叮叮当当响的有轨电车去会一位娇小的情人，而他则刚被腰板硬朗的父亲抢白了一通，在嗓音嘶哑的呵斥声中踏上幽会的旅途。与此同时，时代的精英们正在草拟一则纯洁无瑕的理想的条款，他们决定以此郑重地拯救人们日常生活信念的衰微。

"这是我一生中最为珍爱的东西。"后以一种骄傲的口吻打断士的思绪。

士暗自思忖，我自己不也有那么几件可心的爱物吗？后端详着窗外的景物，深为自己的浪潮一般涌来的伤感而陶醉。

又是秋天了。多少年来，后总是要到每年的深秋才会在某一个下午或者傍晚，或者午夜的某一时刻突然感觉到几乎要过去了的秋天。尽管后一天天的老去，但她总是一年比一年更像一个孩子，一个成熟的老孩子，几乎是怀着热切的感情依恋着秋天的尾部。后曾经想过，即使不是过着这种表面平静的生活，而是如一个诗人，那种真正的诗人那样饱经沧桑，她也仍然会像现在这样沉迷于深秋的凉意和光线充足时那种转瞬即逝的温暖。

对后这样一个女人来说，倘若不是在深秋聚首或者别离，那秋天就仅只是秋天，它不会另具含义。她可以在其余的季节里拼命地做一切事情，要不就让自己卷入什么纠纷。而秋天则不行，后把她心灵和它的迷蒙的悸动留给了秋天。她不想占有它，恰恰相反，她想让秋天溶化了她。她甚至愿意在秋天死去，在音乐般的秋天里如旋律般地消隐在微寒的宁静之中。这完全不是企望一种平凡的解脱，这只是后盼望献身的微语。

当士和后相互暗示着沉浸在冗长的臆想之域时，一阵晚风不经意地带走了那张相片。

窗外是沉沉夜幕，士为什么声音所震醒。那似乎是一柄小刀掉在院中草地上的响动。他看见后梦游般从椅子上站起，走到墙边，关上了那扇假想中的窗户。

从窗口眺望风景

我的写作不断受到女护士的打扰。这倒不是因为她的频繁来访,而是我上医院理疗室的次数越来越多。终于,我开始挽着女护士的手臂在医院的各个部门进进出出。

我对医院的兴趣随着我对女护士的兴趣与日俱增。我注意到药房的窗口与太平间的入口是类似的,而手术室的弹簧门则与餐厅的大门在倾向上是一致的。

这所古怪的医院的院子里还有一个钟楼,我们曾在那里面度过一些沉闷的下午。

我不断地重复一些老掉牙的话题,如:岁月易逝,爱情常新。我们还讨论那部叫作《眺望时间消逝》的小说。我一直在怀念那个女主人公,只是我已经忘记了她的名字。女护士一再强调说,小说中的女人就叫后。有一次我差一点要对她说出我并没有写过此书,这只是一个骗局。但看到她真诚的目光,我终于忍住了。

我们携带着我们的友谊来往于医院和我的住所,那些平凡的日子如今也已消逝不见了。

我记得女护士的名字就叫后。我曾经答应她,将来的某一天,我将娶她。如果她还爱着我的话。

在乡下的一次谈话

我的生活圈子非常狭窄,至少比我的情感要来得狭窄,这一点我可以肯定。多少年我就是这么过来的。有一天,我认识了一个叫士的人,他说这可以通过阅读和编故事来弥补。我信了他的话。没过几日,他又跑来补充说,他那日只是随口说说,我不必当真。我又信了。可见我是极容易轻信的。终于有一天,士带着一个模样与他相仿的男人来找我,说是来帮我扩大视野。

准确的时间记不太清了,似乎觉得许多

今天已经十分衰老的人正在利用那个时辰打瞌睡。

我并不认识他，我住的地方离开士的朋友的故居约有一夜火车的路程，但正是这段距离保证了有关这个男人的种种传言到达我这儿刚好开始有点走样。从这个意义上来看，男人的故事的真实性是不严格的，我想通过我的态度严肃的写作使这个人的故事显得相对严谨些。

读者最好破例重视这个故事的次要方面。比方说，不要因为"死亡"这个词而朝现世之外的某处作过多的联想。再比方，我写在一个下着蒙蒙细雨的下午，且不说发生了什么事情，其实并不存在这样一个下午。"蒙蒙细雨"只是一个词，它所试图揭示的仅仅是我曾经亲身经历过的众多雨天的派生物。而"蒙蒙细雨"这个词显然不是我第一次使用，一定是什么人教给我的，语文教师或者书本，否则我就成了个生造词汇的人了。准确地说，我对生造词汇没多大兴趣，我关注的同样是事物的较次要的方面。

乡下的生活是平淡的，远不是热衷于派对和沙龙的人所能忍受得了的。尽管你可以在郊区读书或者写点什么，但所有这一切都跟干农活差不多，并没有很多人在一旁助兴喝彩。你所做的一切要到来年才能见到收获。而那时，你的高兴尽管是由衷的，但依然是无人分享的。在这种环境中，人的回忆很可能在平静中带点儿忧郁，但不是那种令人无法自拔的忧郁，而是像夏天那样，带点水果的甜味的。次要的事情可能是太平凡了，它深陷在那些平凡的事情中，使我们惯常注目于重要事情的目光无力辨认它们。

我想起来了。我是在那年初秋，去造访老人的。

秋天。干净的空气中有什么声音传来，像谁念的浊辅音，给人一种迅捷而浊重的感觉，好似空气既在输送什么又在挽留什么。

"你想在这儿住多久？"

被问的小伙子支支吾吾了一阵。

"你想住多久都行。"

"我还没想好呢。"

这几句话我们在花园里重复了好几遍。他带我参观他的业余生活,他的日常的琐碎的同时也是主要的想象。

"你喜欢养花吗?你的头发好像比从前黄。"

下午。他领我到镇子上去转了转。

"这是记者。"他介绍说。

"噢,记者。"有人说。或者"你好"。或者"谁?记者"。发现这镇子上的人总好像在等待什么名人或者要人的光临,而不是像我这样神情恍惚的人。

我们不约而同地在一家药铺门前停下脚步。

"在家你都干些什么?我是说念书以外。"他看着夕阳下那一头金黄色的头发。

临睡前,我征得了他的同意,明天一早到十五里以外的火车站去看看。

那儿比较荒凉。

也许在车站上能遇到什么人或者什么事情。我躺在席子上,盖着被子。既凉快又暖和。我睡在夏季和秋季之间。我想。老人在屋外,在花园里,在秋夜里,在他的爱好中间,在他终将不再在的地方,高高兴兴。说不定也挺凄凉。

睡吧,睡吧。我招呼自己入睡。

"你需要一顶帽子。"出门的时候,老人在花园里对我说。这会儿,我手里就捏着这顶草帽,侧身在车站的一只旧木箱上。

月台上尽是一摊一摊的落叶。很少有人。

我将腿放直伸到阳光下,而身体躲在阴影里。风在我面前吹来吹去,我手中的帽子一扬一扬的。

好不容易来了一列火车。下车的是几个农民装束的人。他们从我面前走过,没有注意我。我朝天吹吹口哨,好像是一支很熟悉的曲子。就在这时,下雨了。

"火车来过了吗?"

我一回头,是一个扎辫子的小姑娘,提

着一只很大很旧的皮箱。

"我认识你。"然后,小姑娘就不再说话,只是极耐心地等车。

渐渐地,又来了四五个候车的人,他们和小姑娘打招呼,又看一眼我,便都不再做声。

"你在城里做什么?"

小姑娘隔着老远,大声对我说话。

后来,上车之前,小姑娘走过来对我说,她家是开中药铺的。那天,她看见我和老人在说话。

"我回娘家去。"

这让我吃了一惊。这时候,天色已很晚了。火车慢慢地朝雨幕深处滑去。

我戴上草帽,慢慢往回走。在路过一个养马场的时候,我看了一会那些湿漉漉的马。我听听它们的鼻息。然后回家。

"今天死了一株菊花。白色的。你找到车站了吗?乡下没什么好玩的。"

我和老人对坐在灯下吃晚饭。饭后,我陪他下了一盘棋。他坐在椅子上就睡着了。

这一夜，我接连做了几个类似的梦。

"我已经是个老人了。我已不再试图通过写作发现什么了。"

他一再重复这句话，并且抬起他那布满忧郁的眼睛。他此生尽管颇多著述，但并不是一个有造诣的人。他的屋子整洁而朴素。显然，他并不想有意使它们——书籍和文稿——显得凌乱。

"我不想让你这样的年轻人来帮我写什么传记。"他无精打采地做了个手势。

"不是传记，你听错了，是谈话录，或者叫对话录。"

"你和我？"他迟疑地打量着我。

"我已是个老人了……"

我告诉他，这话他已经对我说过了。

"是么？那我没什么可说的了。我已是个老人了，我已不再试图通过写作发现什么了。比如，结构、文法，或者内心的一些问题。我年轻的时候，曾经跟你一样。"是的，这错不了。这一次采访,对我的一生产生了重大的影响。我不想说他是个伟人,因为我们还不习惯,或者说很难相信在我们周围的人中间居然有伟人。

他一生未曾婚娶。他甚至很有兴趣地跟我谈他的性生活。他是个老人,谈起这些事情还使用了脏字。这使人有种亲切感。那时候我还是个小伙子呢。

他总是和自己过不去,总使自己处在不悦之中。也许,这就是我们最终的愉快了。

他在谈论另一个人,他完全为自己的叙述所控制,沉浸在一种类似抚摸的静谧之中。

那些曾经穿过窗棂的风已在暮色中止息。

我曾经在一本书里读到过埃兹拉·庞德的诗句:让一个老人安息吧。我想,这大概是一个男人对自己所能做的最后的勉励了。

忆秦娥

故别虽一绪,事乃万族。

——江淹

我依然记得她的面容,但已不记得她的名字了。我那已经过世的祖母管她叫苏。那似乎是她的姓氏。这一老一少,就像一对密友。许多傍晚,她们在窗前半明半暗的光线中轻声交谈,一边摆弄着手中的织物——一顶兔灰色的小帽或是一条深红色的围巾。她几乎成了祖母最后岁月的玩伴。苏替祖母梳头，并且分吃一小块松脆的煎饼。她给祖母看她儿子的照片，一个夭折了的漂亮的非婚生男孩。她的气质中有一种香甜的东西，一经与优雅遇合，便散发一种罕见的柔和动人之感。毫无疑问，苏是我心目中的偶像，由我在内心深处秘密塑造的完人，与如今我接触到的成人世界相去甚远。她是我母亲的朋友，因为某种当时我尚无力理解的原因，借住在我们家。她来时正是夏末秋初之际。虽然暑气尚未完全褪尽，但入夜已是凉风习习。我发着高烧（这是每年夏季结束时我的例行公事），两眼瞪着天花板。虚弱、无所事事而且心烦意乱。苏用一条湿毛巾蒙在我的额头上，以此取代了我枕边的画报和一些必须秘密翻阅的东西。趁祖母转身去厨房之际，她告诉我她看了我的读物。她顿住了话题，那意思是说她理解我的窘迫和不必要的羞愧。苏以意味深长的凝视（是的，凝视）结束了她的谈话。那是我初次领悟异性间谈话的美妙之处，那种种含蓄和节制无疑是一种享受，那温和的语调，由苏的唇间吐出的音节利索的汉语，带一点点江浙的妩媚音调，顷刻灌注我的全身。苏要是能够读到这些，一定会笑出声来。我将我的第一篇小说给她看时，她就以一个疑问句作为对我的忠告。想想看，离开了夸张，我们的感受可能无法说出。那篇幼稚的习作早已无处可寻，想必是作为垃圾被清扫掉了。但我确实受到了触动。我首次意识到我们写下的文字与我们的内心世界存在着怎样的鸿沟。这不是什么重大发现，但对一个少年却是影响深远。有一个时期，我时常梦见这条鸿沟，它的宽度类似一张双人床。这个隐喻怎么样？这是苏猛烈批评的方法之一。她知道我这是天性使然，或者说是积习难改。她对文学的趣味虽然有失偏颇，但总是引人入胜。她倾向于直接陈述，她认为坦率是一种能力而不是一种品质。当然，最终将被塑造成一种品质。这个词经过音调上的处理，几乎就是一种恶习。

　　我们之间有着许多共同感兴趣的事物，但是并不持久。随着我的体温恢复正常，我的阅读时间和能力都在下降。户外的一切都在呼唤着，阳光、风、植物的色泽、城市的喧闹、欢畅的感觉。当然，主要是我的几名怪里怪气的伙伴。我不知道，我就此错过了许多东西。冬季来临时，苏离开了。她临走时没有与我告别。苏给我留下了一个日记本，缎子封面的，如今已很难在市场上见到。可能因为写过些什么，撕去了几页。她的赠言写在本子的最末一页，字体娟秀，仿佛是一部书的简短的附言：

  年年柳色，灞陵伤别。
  故别虽一绪，事乃万族。

  我想，如今她已辨认不出我的模样。我的变化甚至超出了我对自己的估计。而她，岁月会给她添上衰老的痕迹。这是一种公平的做法。我们无一幸免。她的容貌、体型、姿态无论有什么变化，我都能欣然接受。我的这种客观态度正是由苏传授而来。她的举止、气息无时不在向你递送着应付日常生活的方法和尺度。她就像一个手法纯熟的玩牌者，将骗局摆弄得意趣盎然。

　　那是一个雨天，苏与另一名陌生男子一同来访。母亲和祖母在楼梯口迎候他们。那是我第一次见到苏，她穿着深灰色的尼龙雨衣，还带着雨伞，而那个男人头发湿漉漉的，仿佛只是与苏偶然相遇。他们在楼道里磨蹭了好一会，用以清除从外面带进来的雨水。这个形象，这个以二米见宽的楼道作为背景的妇人形象，我永难忘怀。窗外的雨幕，楼道内微弱的灯光，冒着潮气的楼梯扶手。她忽然抬起头，她看着我时目光是那么黯淡、涣散，仿佛出自一个病人，那里面没有多少哀伤的成分，至于怨气，更是毫无踪影。这不是人们相互结识时的那种目光。也许她从我的眼睛里看到了惊慌和迷惑。这种对视，完全的漠然，但却是记忆式的。如果我们年龄彼此接近，还会从中发现一丝回避的迹象。那是什么？它由苏的经历和我的求知的渴望所组成？如今，轮到我神情涣散而又漠然，目光中探求和梦幻的点点光斑早已消逝殆尽。苏说过：一旦记忆变成了一种饲料，你就离牲畜不远了。

祖母房间的门轻轻地关上，几乎是同时，传来那个男人的啜泣声。他并不诉说，只是一味地哭泣。那一瞬间，我感到是如此地孤寂无助。那个男人仿佛是为了他的一团糟的生活而哭泣，而我坐在楼梯上倾听着这凄恻的声音。我原本以为苏的声音会很快地加入进来。凭她的眼神，我有这种预感。但是过了很久，只是在那个男人不再抽泣时，苏才开始说话。她的嗓音很低，带着一种抚慰人心的沙沙声。她在请求原谅，缓慢地请求。什么事情，我无从知晓。我摆弄着有待充气的篮球，最后让它顺着楼梯滚了下去。

我正处在一个十分奇特的时期，从内心到外貌都发生了急剧的变化，那种灰暗绝望的情绪类似晚年的尤奈斯库。对文学和周围的一切都丧失了信仰，曾经令我无限愉悦的语词已经变得死气沉沉。我开始更多地意识到年龄和疾病以及一些生活的琐事,季节的更替(我越过了"嬗变"这个词)和天气的变化已经不再具有丝毫诗意。(我对自己说,不要再到文句中去寻找节奏和音响。韵律,噢,让它去吧。)固执、暴躁、内心矛盾已经成了我的日常状态。而生活不正是一种状态吗?我毫不迟疑地说,一个巨大的梦幻的时代已经结束了,精神中的某些东西已经死灭,我将进入一个物质的真空,它为一系列繁华的幻象所组成,各种器械——军械和手术器械,极度的尖端、造价高昂、冰冷、精致并且无菌。谁都知道它们连接着什么。诸如此类。且慢,不要用这类东西去惊扰别人,因为,用尤奈斯库的话说:我陷入了不可表达之中。坦白地说,在苏的故事再次困扰我之前,我在写一篇文学方面的研究文章(我力图将工作进行到底),题目是《蝉与翼》,试图平行研究亨利·詹姆斯的小说《阿斯彭手稿》和索尔·贝娄的《贡萨加诗稿》。后者被认为是前者的仿作。一位大师对另一位大师的模仿?!我准备的材料中有这样一句话：庸人模仿，天才抄袭。语出Ｔ·Ｓ·艾略特。另一组作品是衣修伍德的柏林故事之一《萨莉·鲍尔斯》和卡波蒂的《蒂凡尼的早餐》，同时，两位影响稍逊的天才又必须分担至少是相互抄袭的臭名。我企图从中发现点什么。可笑的是，像是一种幻觉或者说症状，我也一直试图以寻找遗失的珍贵手稿为线索或者以一个动荡年代为背景，以一个一文不名的年轻作家与一名年轻女房客的际遇为题写一部小说，或者两部都写。

时光无情地流逝，我的研究进展缓慢。我焦虑地每天下楼四五次，看看信箱，到附近的小店铺里转转，似乎在日光灯照耀下的郊区商店里有什么灵丹妙药在等待着我。这种心情，倒跟克拉伦斯出现在马德里火车站时有几分相似，"充满了郁闷的活力和无所适从的聪慧"。我无法开始和结束每一天的工作，一切都显得紊乱不堪，仿佛在贝娄井然有序的叙述背后，隐含着某种令人意乱神迷的混乱。他在首页意味深长地写道：这辆汽车远在克拉伦斯出世之前就奔驰在马德里的大道上了。这个陈述可以被视作是次中心的呼语,它仿佛是无意地将克拉伦斯的马德里之行与一种潜在的不容僭越的古老事物联系了起来。隔开十页左右,他又假托诗人之笔写道:一首诗的生命可能比它的主题要长。又隔开十页,他让克拉伦斯模模糊糊地想到:一个活生生的女人大概比一个死去的诗人更有寻求的价值吧。但愿我所勾画的这种关系是一种谬误。

曼努埃尔·贡萨加,西班牙文学史上的隐形天才,(克拉伦斯正是为他而来!)他的谈论钙质和欧姆的诗篇,或者如他的《忏悔》,克拉伦斯喟叹道:哎,我们是怎样为了获得一切而失去一切的。(那个感叹词是我加的,多余而无用。类似于一切赞叹。)

这些人物才智卓然,对悲剧性的生活赠以优渥的情怀。我所指的人中间当然包括苏。对文学,她似乎天然地具有良好的素养。这种人你在哪里都不会在人群中错失她。她并不显示,但总是完全呈现出来。犹如水中的一道波纹。

她的遭遇也正隐含在这样一个形容之中。

　　对我来说，她的出现显得有点突兀，有一点不期而至的味道。她的形象，正是我关心的中心所在，与她的身世、品位是一体的。这种感觉是照片无法复制的，它宛如介质，光线可以穿透，但是不会留下丝毫痕迹。她在亮光中一闪而过，这一印象经由许多时日所组成，并不归属于某一个特定的日子和时刻。在我的记忆中，苏由众多的形象连缀而成。矜持，太多的矜持，将一个狂野的心灵恰当地收进了一个躯壳。没有丝毫的隐瞒，一种信赖感叠加在矜持的外表之上。她只是为所欲为。她是个衣着入时的女人，与周围的环境从无格格不入之感，但也绝不耀眼夺目。仔细想来，衣物的面料较之款式稍稍远离了时尚。但那是一个什么样的年代，她已将恰如其分视作是一种享受而非责任。她一再重复说过：我们又怎能将白天和夜晚混为一谈。这话简单至极，这就是她所要说的。

我不想令人产生一种错觉，仿佛我是在谈论一个活人。但是死亡也无损于她，在我的心目中，这件事与她无涉。对于一个消息，一个未曾亲眼目睹的实况，我是极为消极的。我不否认，但是我已经使之浪漫化了。仿佛她突然陷入了睡眠，遥遥无期而且永不返回，困乏使她不再苏醒，犹如无法解冻的冬眠，使蛇（作为意象）在无知中窒息。

苏的祖籍是山东馆陶，而她的出生地却是接近内蒙古的商都，她在那片贫瘠之地长到七岁，便由她做商贩的叔叔带到了南方。我据此推断她说话时若隐若现的江浙口音的来源。这是我所迷恋的，远远超过了对她的早期经历的关注。

我无法向过去的日子回复，甚至倾心接近的意向也被自己认作是虚妄，而那些已不复存在的场景始终驱动着我，唤起我的追忆，使那些腼腆的、在内心深处无比荣耀的岁月萦回缭绕。这是一种饮酒微醉的感觉，它源自祖母的卧房，为一丝恐惧所诱导，在清洁的散发着淡淡的肥皂香味的床单之上，一股醇厚、辛辣的香气扑面而来。在这样的傍晚，房间里的光线令人沉醉，四下里充满了反光，窗户、镜子甚至已经有些褪色的墙面。苏持酒杯的样子有点自傲，她与祖母长时间地谈话，对饮，直到房间进入完全的昏暗，苏的侧影才移向台灯。

为什么总是这个形象？这样一幅画面意味着什么？苏和祖母。她们确实能够互相宽慰，她们在一起时的那种融洽的情景足以证明这一点。这种在回忆中摸索的方式似乎是为了掩盖苏的生活中的邪恶的一面，她的甚至在祖母看来也是荒淫的一面。但是祖母讨厌我使用"娼妓"这样的字眼。这不一样。她是这么说的。你应该设法理解她，而不是伤害她。我无法理解，我还不够老，老迈昏聩那时尚不适用于我。我还有许多心灵的疾患需要发作、诊治，我会逐渐沾染上一些恶习，这些事情都还在前方等着我。即使是处在青春萌动时期，我也隐约感到，理解是十分昂贵的，那是一个很少有人出得起的价。

  我把我写的第一篇小说给她看，为的是引起她的注意。我的想法非常简单。我毫不掩饰地描写我的幻想，花园、古老而巨大的宅院、国籍不明的场所和依稀可辨的人物。我描绘了景色（如今我已再也看不到那样的景色），人们在黎明和深夜的莫名其妙的举动。还有，一星半点的性的憧憬，曲折，隐晦，不像是真正的健康的性。披着哲学的外衣，向往着语义上的成就，然而却是冰冷苍白的梦呓。其实，我的内心是一片荒漠，与今天没有什么两样。苏是足以洞察这一切的。她一边在厨房里来回忙碌，一边发表感想。我倚在厨房门口，看着苏和从蒸笼里冒出的腾腾热气，等待着我最钟爱的肉馅包子。"小作家，"她和蔼地说，"你不会成功的，你那么年轻，就如此混乱。"苏指指自己的脑袋，在太阳穴上留下一小团面粉。"文学会为你的方法作证，而生活不会。"她又指了指自己的脑袋，将小面团带了下来。"你应该读黑格尔的《小逻辑》，清理你的思路。"我父亲的藏书中有这本书,但是不在我为自己开列的书目之中。苏觉察到了我的失望,她走近我,神情专注,语调恳切地说:"你想听听我的故事吗?"我当然想。于是我说可以。"你要仔细分辨其中虚构的部分。"她说。"为什么?"我问,"为什么要虚构?"

"为了让你分辨。"

这是苏为我上的第一堂文学写作课。

注意!当我引述别人的故事时,小说已经进入了一种双重虚构。她说得很干脆,仿佛她是在说,这是一件双面雨衣,如果再加以解释说,两面都可以穿,实属多余。

苏所讲述的故事,主要围绕着她儿子的父亲。一个南方人,祖先是福建的渔民。高大英俊,走起路来微微有点跛行。做事总是非常仓促,面带笑容时总是显得非常疲倦。他在一艘内河航运船上做厨子。苏初次遇见他时,他刚刚离婚,正憋着一肚子的火。他俩都在苏的一个教师朋友家里喝酒,他们没怎么交谈,苏就跟着他离开了。那么轻易，苏说，连我自己都感到奇怪。要知道，我对他产生了一种感觉，我想要跟他生一个孩子，这是我从来没有过的感受。当然，那是后来的事。

"那么，结局呢？"这是她叙述的必然结果，也正是我能够提出的唯一问题。

她笑了起来。怎么会有什么结局？这种事情到死都没有完结。

"为什么？"

她依然在笑。这可不是读故事时所持的态度。

"应该怎样？"我一路问下去。

"谁？"我的祖母在背后问。她的出现中止了苏和我的谈话。她的目光仁慈而又严厉，仿佛我不该探询她俩之间的秘密似的。

我的祖母。她是那么老，那么慈祥，并且就她那个年龄来说，显得过分活跃。这不是靠素食和甩手操所能维持的。它源自天性，源自本能。有时候，我们也将这种现象称之为青春永驻。噢，我不想编织什么神话，为了显得自己仿佛有些来由，便伪造说她是个一肚子民间传说和童话故事的老奶奶。根本不是这么一回事。我的童年根本就没有火炉、风灯、毯子、小板凳一类的东西。如果说我多少听到过几则人鬼参半的故事，那也基本是偷听来的。也就是各种场合的道听途说。我的祖母，确实足够老，也足够仁慈，但她不会讲故事，她要是唠叨起来那就没个完，一件事要说上十遍或者在十件事之间颠来倒去地纠缠不休。只要她开口，我便唯恐避之不及。在记忆中，祖母并不是一个故事员，更多的是在发布道德训诫，因为她的年龄和在家庭内部的至尊地位，虽然言语亲切，但总有一种高高在上的架势。她一个人守寡多年，我想不该再对她老人家吹毛求疵。

但是，她确实成了我与苏之间的羁绊，她们同居一室，形影相随，亲密到了鬼鬼祟祟的地步。我无疑是受到了冷遇，但不是来自苏，而是来自无形的局面。祖母的房间成了我们家庭的涉外机构，这种感觉令我顿生遗憾。

我记得那个男人。那个每次来就躲进祖母的房间哭泣的男人。不是那个厨子。苏的儿子的父亲我从未见过。那时候我有点惧怕高大英俊的男人,他们要是笑起来,往往令我感到迷惑。而这一个不同,即使从一个儿童的角度来看,他也显得过于瘦弱。眉清目秀,像个书生。他也确实是个书生,研究二进制的《周易》和如今被认为具有可操作性的《论语》。他埋首于故纸堆中,总有几缕头发向上竖着,一旦脱离蒙满灰尘的典籍他便开始哭泣。以泪洗面是他的世俗形象。那时我尚不明白,这个弱不禁风的男人是为性爱而哭。苏说,这种事情是无以倾诉的,尤其在一个男人。他顽固地信奉自己的泪腺,苏说他是为哭而哭。我从她们的片言只语中获取印象,试图分辨其中的微妙之处。今天我知道,这只是徒劳。苏并不是一名悍妇,而男人总是为那些柔情似水的女子伤怀落泪。我从未和这位古籍研究者交谈过——他总是来去匆匆。当然,我并不是说他总在哭泣。作为例外,一天深夜,通常在这种时候他已经告辞，我从床上起身，光着脚走出房门。（是听从某种呼唤还是无所事事？）祖母卧房的门虚掩着，这个为爱折磨得死去活来的男人，双膝及地，热泪盈眶，在苏敞露的胸前寻觅着、吞食着。苏低头抚弄着他的头发，我看不见她的目光。显然，祖母并不在房内。在这样的夜晚，在如此痛苦的时刻，人们本应各居其所。她们应该安眠于床榻，沉浸在睡梦之中。可以想见，那时我对于夜晚的了解是多么肤浅，以至于误以为自己是这个世界的一部分，一个有机的部分。我看到，在我的房间之外，我与世界的联系是多么脆弱。我再次变成孤零零的一个人。

仿佛是一个节日离我而去，它永不再来。虽然我可以期待来年，但那已是另一片景象，另一个故事。我似乎是涉足了一个过于喧闹的聚会，铭记着杯盘狼藉的场面，而对隐身其后的来龙去脉并不自知。事物本来是一个悬念，而现在却变成了结局。苏和我，成了两个遗世而立的身影，我们之间微弱联系的含义已被改变。我希望她从镜中看见了我，因为某些东西我们应当彼此获知。苏应该知道，我在观察、揣摩、测度，我在窥视她的生活，但是我一无所见。苏仿佛是彻底袒露的，她的行为举止表明她并不遮遮掩掩，而对此我正是盲目的。

这座城市，这片环境，我在其中居住多年，随着我的家庭四处搬迁，历经种种变故。我的外祖父、祖父、祖母都在其间相继辞世，悲伤来而复去，居室被改变、家产被变卖、书籍散失、家传的诸多信物也已不知踪影，生活时而沉寂时而喧哗，各种人物来来往往，在人生这个短暂而简易的舞台上，来回折腾，最终扑倒在地。有些人临终还面带着所谓功成名就的微笑，真是令人敬佩。

我总是这样设想，那几经改建的江堤，已经悄悄修改了城市的外观。那一片被称作外滩的地方，紧挨着浑浊的江水、涛声、满是锈迹的渡轮。那是苏领我去散步的地方。众多的阴云密布的时日,稀少的游人。(那时候真是足够稀少的。)人们的脸上尚有悠闲的神色,会在街上停下脚步,因为某种原因,驻足眺望。这样一个上海已不复存在了。当然,它也许从未真正存在过。因为苏,因为时光飞逝,这一切都显得太像一段秘密的历史,越来越快地往深处塌陷,总有一天它会归于寂灭,因为她最初呈现的形象就是易逝的,她的美和毁灭在那时就已经注定。

那是最最不敬的一夜。我不想指出它的准确年代。那样做,又有何益?晚饭过后,我正在床上提前写我当天的日记,母亲同校的一名教师正在钢琴上弹奏德彪西的《阿拉伯风》。算了,我还是不要谈论音乐,那些乐谱在我看来就像挂满微型炸弹的铁丝网,总是令我望而却步。苏忽然走进母亲的房间。"她过去了。"她说。对此,母亲并不是毫无防备,但看到祖母苍白的面容时,她还是晕了过去。

如今,那个夜晚已经为我所简化。因为,

祖母安享天年只是为事件提供了场景。

中国人惯常所须做的一切是免不了的。祖母的卧房很快被布置起来,刚才还在钢琴前抓来挠去的女教师,此时一副有条不紊的模样,仿佛是早就预备好了来操办丧事的。她替母亲打电话找来一些干瘦的男人,他们大都上了年纪,穿着素色的对襟褂子,手脚麻利地将帐幔、烛台、寿衣、棺木一一安放停当。随着医生、亲戚、邻居的人流,我看到一名架着眼镜的年轻男子出现在楼梯口。他戴着一顶鸭舌呢帽,披着一小段深色的围巾,两颊刮得干干净净。苏刚好端着青瓷果盘从母亲房里出来,见了他,便停了下来。她见我在过道的尽头注视他们,稍稍犹豫了一下,便招手让他跟自己进了祖母的卧房。

母亲说那个年轻人是来给祖母照相的。他在马勒住宅附近开有一家私人照相馆,曾经在报馆做过事。最后,他是苏的情人。母亲说,他们相好。

犹在梦中。嘈杂的人群散去了,那女教师

也已帮着熄灭各处的电灯，披上披巾下楼回家去了。母亲躺在床边守候父亲的电话。一切都已就绪，我似乎是在等待什么东西降临。

年轻的照相师半蹲在祖母的棺木旁收拾他的提箱，而苏正在给祖母擦拭身体。她的动作细致、缓慢。她抿紧着嘴唇，神色中毫无倦意。

我的记忆是不会在此处终结的。我至今仍然认为那是一次亵渎，苏辜负了祖母对她的庇护。不知道她老人家的在天之灵会作何感想？我听见哭泣声，这声音将我从睡梦中惊醒。我循着声音来到了祖母卧房的门前，房门敞开着，透过层层白色的帐幔，在昏黄的烛光照射下，我目睹了我生活中最耻辱的一幕。苏和她的照相师互相爱抚着，吮吸着，她扑倒在祖母的棺木上，毫不掩饰地哭泣着，照相师忘情地扑身在上，仿佛是她的斗篷。这时，电话铃声响了起来，我想是我父亲打来的。这铃声响了好一阵，而苏和她的情人浑然不觉。苏只是一味地哭泣，这声音在不知底细的母亲听来大概非常入耳。我跑向母亲的房间。她刚刚醒来,看上去疲惫不堪。她刚刚拿起电话,却已是热泪盈眶。

我无意回避我的震惊,它混合着苏的恣意放纵所引发的冲击,它是阴郁的,潜在地包含着欣喜和受挫感。她的姿容暴露得让人无法回避。我很难完整地刻画她的形象,当我直接面对她时,我无疑遗漏了许多。就我个人而言,苏是珍贵的,我所钦慕的正是某种被称之为官能的东西,这是一个少年很难抗拒的,它确实是洪水猛兽。问题是我并没有被吞噬,就像你避过了一场阵雨,如果是在热带,那又算得了什么呢?对苏而言,这一切并不仅仅意味着寻欢作乐。我试着为我的这一想法寻找依据。当然,我是徒劳的,至今我仍是一片茫然。

苏在沙逊大厦北面的一家饭店里设宴答谢我们全家。赴宴的只有母亲和我。一周前刚刚安葬了祖母。苏说她已经订妥了船票,准备离开此地。母亲执意挽留,苏只是一味地谢拒。

下午两点光景，饭店里没有多少客人，这倒更像是一次茶点约会，而非宴请。上了许多菜，而母亲和苏只是说话，或者沉默不语，看着盘子里的浮油慢慢凝结。窗外的街道直通外滩，不时传来阵阵汽笛声。我既不看母亲，同时也避免苏的目光，就这样一匙一匙喝着碗里的汤。一个无所思虑的下午，脑子里一片空白。仆欧结账时，苏忽然从包中取出纸烟，她示意母亲，母亲笑笑摆了摆手，苏便自顾点上慢慢吸了一口。饭后，苏提议去外滩走走，母亲推说头疼便先回去了。苏领着我朝江堤走去。我想，此时她可能十分怀念她儿子的父亲。我暗自思忖不知有朝一日是否会做一名厨子。但那种妻离子散的生活，我是断然不能忍受的。

"你要去哪里？"

苏抬起手臂指着江面划了一圈。"谁知道呢。"她笑道。

"如果有一天我写了书，应该给你往哪儿寄？"我幻想着有这么一天。

"不必了。"苏说。她看出我伤心至极，

便不再说话。少顷,她宽慰我道:"如果这本书对你十分重要,那你自己应该好好保存。别在乎谁会读它。实际上谁会在乎呢?"

一个人应当仔细阅读自己。这方面是苏给了我启示,从肉体到心灵,我是否已经无所畏惧地试过了?但这也是不会有答案的。但我不会躲入一个书本的世界。(也许它是我的必由之路。)虽然我看到它向我展开,充满了魅感、吁请,令人无法无动于衷。但我仍然要尝试着逃避。苏紧紧地握着我的手,这正是我所需要的,此时此刻,我别无所求。

可以想见,那个时候,对苏的迷恋遮蔽了一切。祖母的故世被一场情欲之火减低了它应有的哀痛。对死亡,我知之甚少,或者说我误以为那也是一种迷狂。即便是今天,仅仅是谈论它,都会令我觉得自己矫揉造作,除非我不是在谈论自己。而他者的死亡,多少有点形而上学的味道,如若不是感情泛滥的话。

她原本应该很快离去的。但散步回家后苏

就病倒了，整夜高烧，上吐下泻的。夜里，母亲替她换了两次床单，椅子和地板上，到处都是呕吐物。第二天清晨，苏已是不省人事。母亲将我反锁在房间里，以免受到惊吓。自从苏出现在我们家，我已是惊恐万状，但我还是感激母亲顾及这一点。我自觉地待在房间里，将床单蒙在头上，自言自语，借以解脱变相囚禁带来的焦虑。隔着房门，楼梯上下满是脚步声。祖母撒手人寰的那个夜晚似乎再度上演。不一会儿，传来苏的呻吟，间或是其他什么人的高声争执。我猜想，大概是一些江湖郎中，因为有人扬言要给苏放血。对于医学，我几乎算是个白痴，我不明白人们到底在议论些什么。我暗自祈祷，用我最为温柔的感情，让苏免受皮肉之苦，因为我已经听见手术器械的碰撞声。事实上，我已进入梦乡，对身边发生的一切并不知情。我疲倦已极，根本无暇顾及旁人的喜怒哀乐。

我的父亲从汉口归来：带着简单的行李，

入门之时，一副旅人的风尘相。母亲就此躺倒，直至父亲再度离家，其间她一直病着。我从来不知父亲在外经营什么，他的生活，我是说那种最微观的部分，我无从知晓。在家人眼中父亲是个勤勉、诚恳而又惯于孤身闯荡的人。就我个人的观点，他似乎是有点惧怕婚姻。当然，我们父子之间极少交流。通常是他进门之后，我们互致问候，接下来便没了话题。他的沉默寡言，目光中固执任性的成分丝毫不见改变。我深信，随着时间的推移，我们彼此间相互了解的愿望日趋淡漠。他变得越来越陌生，像个异乡人一样操着难懂的方言，他说些什么，我真是永远也弄不明白。他与母亲原本颇像一双兄妹，外形举止，互为映照。逐渐地，父亲成了另外一个人，他的神态中有了一种房客的感觉。回家使他手足无措，找不到东西，经常让椅子绊着，站在窗前发呆或是莫名其妙地叹气。他对母亲彬彬有礼，言辞适度，仿佛是一名慈善机构的代表。他跟苏倒还融洽，并不因为母亲的安排有何不悦。他多少还有点孝心，听着苏回忆祖母弥留之际的种种事迹,常常黯然神伤。过了不足十日,父亲就回汉口去了。此后依然间或往返两地,仿佛出自习惯一直延续着,不似那种从此杳无音讯的伤感故事。这是在苏的影响之外,我接触到的最为意味深长的故事。虽说它出自我的家庭,但由于我父亲的游子形象,我仍将它视作一个启示。婚姻是一个片断,闪闪烁烁,迎合我们的内在需要,如果其长度恰好等同于我们的生命,通常令人无言以对。

那段日子,我每日往返于两个女人的病榻之间,沉溺于一大堆琐事。在煮水的茶壶前沉思,分派药丸,上药房和烟纸店,途中就近拜访我的伙伴,但他们一律用异样的眼光看我,仿佛我是什么不祥之物。母亲和苏全都虚弱不堪,一半因为药物的因素,她们不断睡去又不断醒来。我似乎是为了证明她们依然活着而徘徊于屋顶之下。我想,那就是一个幽灵的形象。有时,母亲和苏会将手轻轻地伸给我,它们是如此相似，柔弱、苍白、掌心潮湿。她们何以会聚在一起，像两个迟暮之年的妇人，头发在枕巾上轻轻散开，稀疏得令人害怕。她们会提出一些近似的问题让我作答，像是为了缓解我的恐慌。她们使我与窗外的那个世界疏远，她们自己成了我与世界的唯一中介。但那却是我一生中最最充实的时光，它具有某种标志作用，使我具备辨认疯子的能力。我毫不怀疑那些装疯卖傻的角色不易逃过我的视线。我开始如此识别人事，并据此分类，仿佛街上的行人有一半出自疯人院的大门。我知道，这一念头是疯狂的，但与我当时在屋内逡巡的状态吻合。我想停下来，或者说按照小说的法则进入转折，向着一片开阔地带，也许是更为狭窄的幽暗之路。这个通道是否一直在等候着我，不为幻想和语言所动，犹如一个色欲和友情的深渊。

苏的身体渐渐开始恢复，她的情况比母亲要好得多。于是，书生和照相师便轮番在楼梯口出现。还有其他男人，装作医生模样或者说装作客观冷静不动声色。他们来自不同的社会阶层，言谈举止相异其趣，前后总计有十多个。总的来说他们都十分礼貌，只是在苏的床边伫立片刻，便告辞退了出来。有时，他们相互之间也攀谈几句，在楼道里点上一支烟，掸一掸帽子上那看不见的灰尘。这时，他们的神情很像一对陌生的路人，那份讲究真是滑稽透顶。我负责他们的迎送工作，将这些来路不明的人一一铭记在心，过后前去告之我的母亲，仿佛那也是对她的安慰。而另一方面，我似乎并不期待苏很快康复。她的卧于病榻之上的形象更适合于我。每当我来到她的床边，俯身探望之时，我便陶醉于此。这感觉不会轻易消失，但需要培植、增添养料。苏似乎也欣然接受我的幼稚的迷恋以及感情上的馈赠。这时，她的笑容是惬意的，仿佛在向她的面容深处唤回淡淡的容光。

深秋的一天，有人给苏送来了玫瑰。满满一大捧，由一位文静的女学生模样的姑娘坐三轮车送来的。苏显得异常高兴，她仔细地将玫瑰插入花瓶，安放妥当之后，苏走进我的房间，用一种要与我分享秘密的口吻说："我要去会一位朋友，但是我需要一名旅伴。"

"很远吗？""旅伴"这说法令我想入非非。

"走着去，花不了半小时。"我有点失望，但我原先暗自期待的旅途似乎也长不了多少。只是一种心情，无以名状，仿佛旅程能加以证实。我找出我的皮鞋，在楼道里猛刷一气，致使双手沾满了鞋油。在路上，我们也许可以讨论文学，这个话题在我和苏之间几乎已被遗忘。苏收拾停当从房间里出来，穿了一条深色的条纹细呢上衣。虽说穿得早了点，但与苏大病初愈后的面容倒也相配。

我们最终放弃了步行前往的计划。室外风很大，苏决定乘坐有轨电车去，于是我们穿过一条僻巷，来到东面的马路上。在风中，苏微微有些颤抖，车站上没有多少候车的人。一个报童穿街而过。上车之前，苏将手伸给我。"小心你的皮鞋。"她说。

天快黑的时候，苏领我来到一幢灰色大楼前。路程远不止半个小时，一路上苏和我也没有谈论什么文学。她似乎又在发烧，脸色一阵阵的惨白。我完全盲目地跟着她走街串巷，对此行的目的一无所知。

我们乘电梯上到三楼，去敲一扇褐色的木门。一名女佣探出脑袋，见到苏，便侧身让我们进去。接下来的场面令人心酸。走廊尽头的大房间里，一个男人喝得烂醉，倒在沙发里。房间里一股难闻的霉味，东西堆放得十分凌乱，不知为什么，那女佣正用酒精替那公子哥擦身，他像死了一般，任凭女佣翻动他的身体，他的裤子褪到腿上，露出苍白难看的臀部，原先盖在身上的毯子滑落到地板上。苏俯身拾起湿乎乎的毛毯，一副伤心欲绝的样子，她让女佣去打盆热水来，说完，侧身在沙发边坐下，将那酒鬼的脑袋抱入怀中。

我永远也不会明白，苏的生活中（怀抱中）何以尽是此类人物。但从苏那儿是永远也得不到答案的。她是那种深藏不露的女人。母亲曾经告诫过我,那话听来仿佛是苏的生活的一个注释。她永远也不明白自己想要什么。

这怎么会呢?苏选择的男人,在我看来都是同一类型的,他们游手好闲,好吃懒做,无所事事却又是忧心忡忡,一副愁眉苦脸的可怜相。这些都是明白无误的。我对他们并不特别嫌恶。每当苏出现的时候,他们无一例外地显得特别的凄凉,犹如寒夜中的一名乞丐,穷愁潦倒到了极点。他们全都无可救药。

这个过着寄生生活的人,总算在苏的侍弄下醒了过来。"酒会,酒会。"他睁开眼睛,竭力回忆那个酒会的地点。"豪华,豪华呀!"他对苏赞叹道。苏无比怜爱地望着他,对他的胡话报以轻微的应答。地板上到处都是易碎的器皿,我竭力想把鲜红欲滴的玫瑰和眼前的一切联系起来。实际上这样做并不艰难。苏的温言软语就是他们的逻辑。(我是否接近了苏有关黑格尔的劝告?)"你饿吗?"噢,她在担心他会被饥饿所吞噬,而不是淹死在酒精之中。这种人由罂粟所陪伴，通过烟枪抓住了生活的要素，仰仗瞳仁里纤弱的光芒俘获苏的前额和嘴唇。他的瘦骨嶙峋的身影里有一种处女式的无辜风韵，这样的人将会置苏于死地。忽然，他开始辱骂她，得了疟疾似的浑身上下颤个不停。这本来似乎是苏的病症。而这也是一种僭越。他用咒骂来醒酒，以此搜寻苏身上的创伤。苏是沉默的，丝毫也不阴郁，眼眶里含着泪水。他开始砸东西，掀翻椅子，将酒瓶扔到窗外，并且竖起耳朵等着那声响。他咬牙切齿地扑向苏，对她又拉又拽。这时已经是第二天黎明。

我是如此渺小，在暴行面前，被苏领到隔壁的房间。苏命令我睡下。她让我保持安静，而我浑身上下似乎均已碎裂。虽然如此，我的目光中仍然不包含敌意，因为苏的洁净的目光中也没有储存敌意。

他衰竭了，也许是酒性已过。他又像一具尸体一般倒了下来，那巨大的声响直刺我的耳膜。我想，苏又将重回他的身边，守护着她的可悲的财产，她将亲吻他，我已深知这一点。

谁是愚昧的？来自荒僻地区的人，还是过分沉溺于书本不肯抬头的人？所有那些夜晚，在我兀自巡游之时，苏的形象已经向我显灵。我的目光所接触的已构成了真实的阅读，它赤裸、贪心，彻底沉浸在肉欲之中，甚至不为自己保留一幅平息之后可能需要的肖像，哪怕是一幅弄臣、小丑的肖像，或者一帧假面。这正是它的触目惊心之处。

这天傍晚，当这位酒徒清醒过来后，我被邀请与他一同外出吃饭。他穿一件晃里晃荡的西服在前面引路，一会儿停下来点烟，走几步又停下来擤鼻涕。就他个人而言是十分喧哗的。从他的背影看，他是个生机勃勃、没有什么恶习的有为青年。当然，这也仅指他没有被杯中物完全控制的时候。我在他背后亦步亦趋之时，根本没有意识到，他这么雄赳赳的，正是奔一家酒馆而去。

他先去卡尔登公寓索讨别人的欠账，进门之前，他转过身来问我："我看上去怎么样？"

"你没刮胡子。"我如实相告。

"嗯。"他摸了摸下巴，"不过没什么关系。这样吧，你去功德林门前等我，欠我钱的人最见不得小孩。"

"我不是小孩。再说，"我补充道，"我不想吃素食。"

"我也不喜欢素食，但你还是站到那儿等我。"他走进了公寓，但又退了出来，"我可以请你看戏，作为补偿。"

我想，这是个面面俱到的酒鬼。

现在，在回忆之中，那幕等候酒鬼的场景，在时间方面已经被压缩了。实际上，我一直等到天完全黑透，他才提着一个挺大的皮箱从公寓里出来。这时候，他才显得与他的酒鬼身份较为吻合。他提着皮箱，一步三晃，跌跌撞撞地往我这儿冲过来。

"快来帮我一把。"他吼道，"这鬼东西，死沉死沉的，不喝上几口，根本就提不动。"

我上前显示我的臂力,但箱子并不重,里面并没有塞满东西。我想,他只是虚弱而已。我们俩提着皮箱,转过街角,朝一家张灯结彩的饭店走去。这双人运输者的形象很像是一对结伴越货的人。

皮箱以及里面的东西确实是抵押品。他领着我在一张临街的桌旁坐下,而皮箱占据着另一把椅子。它是那么扎眼,高出桌子一大截,像是给桌子增加了一道围栏。

他要了酒。威士忌。对我来说非常陌生。他谦逊地说:"你应该喝点,在这个问题上,我对小孩没什么偏见。"

"不。"我谢绝了。

他显得有些遗憾,但很快,当然,在威士忌上来之后,他开始向我形容他的逼债经过。"没有钱,他居然对我说没有,不过,我很体谅他,他喝得比我多。结果,他给了一只箱子,衣服让我随便挑。你要看看吗?"说着他就要当众打开箱子。我再一次谢绝。

"那也好,我们就专心喝酒。"

"是你。"我纠正他,"不是我们。"

"那有什么关系,喝酒么,不分彼此。"他很快就醉了。我接受了邀请,但没吃上晚饭,最终,还是给苏挂了电话,让她来结账,并且接我们回去。

"谁的箱子?"苏问我。

"不知道,我在外面,没见到那个人。反正也是个酒鬼。"我说的倒是实话,只是经过了剪裁。这样,皮箱留在了饭店。后来,当他酒醒之后,并未记起皮箱的事。记忆对他来说似乎从来就不存在。

一位妇女,有关她的背景和来历,我一无所知,而我对她的兴趣也并不在具体的细节之上。一组地名,若干男人的身影,并不能向我传达多少具有决定意义的信息,一如涌现于衣修伍德笔端的萨莉·鲍尔斯。武断地说,它的全部魅力几乎都集中在最后的那张明信片上。等等!那仿佛是卡波蒂的故事,那上面写着:满怀深情。笔迹出自一个从作者视野中消逝了的女人。

"你是她的儿子？"中年人朝前探过身子来。

"不是。"

没等我解释，他便自言自语道："那么你是她的兄弟。不，不对，她说过她没有兄弟。要不她是在骗我？"

非常像。我是说，与苏向我描述的那位电影演员的形象完全一致。

"苏和我母亲都出去了，她们去教堂了。"我如实传达。

"但今天并不是礼拜天呀？"演员很为自己的机智得意。

"她们去会一个朋友。"

"女的吗？"他确实善于辞令。

"男的。"我临时虚构了一个人。果然，非常见效。他开始在过道里烦躁地踱步，让焦急、疑虑、妒忌诸种表情在脸上轮番掠过，但并不一定按照我罗列的顺序。

"你，"他用手指着我，"知不知道那男的是从事什么职业的？"他怕我不得要领，做出老板、职员、打球的、教师等各种他自己认为颇具典型意义的动作或造型。我一个劲地摇头，表示否认和不懂。我看过这人出演的许多电影，多是一句道白或是如他刚才呈示的光有举动没有台词的一闪即过的角色。他曾以一部言情生活片出名，片中，他饰演一名懒汉丈夫，从不洗脚，甚至在他老婆将洗脚水端至他面前时，依然拒不沾水，只是将双脚在脚盆上方搓来搓去，他首创了干洗法，在中国的早期电影史上风光过一小会儿。那是他的巅峰之作。而这会儿，他穿着一双锃亮的皮鞋，并且来回倒错着，借以表现他焦急难忍的心情。

　　我知道一些有关他的风流韵事，只是要我将他与苏联系在一起，着实有不少困难。只要想到苏，单独的，不涉及旁人，就使我陷入忧郁。而这个有声电影早期的喜剧演员，只是一个落入俗套的丑角。虽然他长得相貌堂堂，但总是将脸拧成各种无以名状的怪样子。他以招徕人们的干笑为荣。就是这样一个人，赢得了苏的恋情。她临去教堂前，那去留不定的模样，修改了她一贯的矜持形象。

他们见面时，更是无所顾忌。像电影似的毫无保留地拥抱，接吻。仿佛我和母亲是两名免票观众。这位电影演员，对于自己的里外生活倒也坦然，他的态度赢得了苏，我就是这么推断的。他的普通话里，含有严重的南方口音，非常适宜向一位女子抒发他的感情。他是杰弗雷·乔叟的热烈的崇拜者，他从不朽的坎特伯雷故事中获得灵感和对生活的明朗态度。我猜想，苏的文学方面的对话者中就包含了他。"在他的妙趣横生的诗篇的开头，"他会这样说，"讲的就是武士。我喜爱那幅插图：武士缠着头巾，留着络腮胡子，面带微笑，骑在一匹倔头倔脑的马上，披风之下露出腰间佩带的小刀。在中世纪的阳光下，"他会忽然掉转话题，"那时的阳光是多么迷人哪！"这种时候，他说话就会结巴起来，他说自己总是随身携带好几副眼镜，分别用于阅读剧本，阻挡风沙，从远处眺望美女如云的夜总会的大门，坐在黑暗的电影院中独自神伤。

当他新婚燕尔（他绘声绘色地为我们描述），雄赳赳地欲对他的新娘动手动脚之际，他就宣称自己是一名小武士。他说，"武士"一词由他妻子在婚床上听来自然含义无穷广大，但"小"字似乎包含了自谦、调侃、泛泛而谈之意，并且兼有骁勇、灵活、无孔不入的意思。这一切，他的妻子自然会慢慢领悟。婚后他的生活健康幸福，很少烦恼。直到有一天，他遇见了苏。

"我就要离婚啦！"他在饭桌上宣布。仿佛他是自己的解放者。而苏却是含笑不语。她笑吟吟地看着他，像是在欣赏一部影片。

无疑，他是我在饭桌上见过的最令人愉快的客人，甚至我对他的偏见都不能掩盖这一点。再者，我倾向于苏。苏对他的感情主宰了一切，包括我对世事的态度。

在苏最终离开我们之前，她和母亲都是平静的。那一段日子，家中很少有人来访，偶尔还会有人送花给苏，除此之外，仿佛生活已经停滞不前。苏离开了，无声无息的，并非出自预谋，想要避开我的视线，而是（我深信），出自遗忘。对我并不需要一次特别安排的道别，那样的话又会毫无道理地谈起文学，这是令所有的人都感到不自在的。我母亲能够容忍我日常那神情恍惚的样子，但对一些特殊的场面，她没有把握，不知我会干出些什么有悖常情的事来，而我也不想拂逆她的心愿。

苏走了。那以后，我没有再见她。围绕着她而出现的众多人物，也随之烟消云散。过了几年，有关她的消息零星传来。她依然居住在这座城市的某一幢房子里，一会儿是这儿，一会儿是那儿。经常是东搬西迁，其间她和那个演员同居过一段。他们生有一个女儿，但苏最终还是遗弃了她和她的父亲。她若是不爱一个人，她是不会这么做的。我是指，她不会与人生育。我不知道这一念头源自何处，也许是一道目光，谈话间的一个手势，步态，语音中那种凄迷的腔调，总之，它曾经向我显现，并且常使之萦怀于心。苏离开之后,母亲便很少再提及她,似乎只是将她视作一名曾经借宿的房客,仅此而已。母亲只是在忆及祖母时才会偶尔提到她。从某种意义上说,苏确实随着祖母的故世退出了我们的生活。

从那以后,我的个人生活中引进了几样新的内容:威士忌、烟、照相机、古典文学、美食以及对电影的无穷无尽的热爱。一个素不相识的人,可以根据这些东西推导出我的形象,再加上那个旧时代的背景,这就全了。

我还写过一些短篇故事,但全都遭到我母亲的痛斥。她称之为无聊透顶、庸俗、浅薄、无知。我很想知道为什么无知,对其余各项指责我倒无所谓,因为生活本来就无聊透顶。

但母亲对我的评论也就到此为止了。或许在她看来,无知是一个不宜展开的话题。你在某个领域里是无知的,那可能意味着你将永远是无知的。就像人们现在爱用的共时性概念,无知是无始无终的,并不因追加的事物而有所改变。这与那种对生活无所不知的人略有区别。算了，我还是停止分类吧，我并不想假装我是一个结构主义者。是不是并不重要，而是否假装才是至关重要的。这可能是我母亲的无知概念的内涵。

有一天，（任意虚构的一天？我只是不记得它的确切的时间。地点我还记得。）我遇见一位姑娘，她身上的某种东西唤起了我的记忆。我假设她就是苏和那位电影演员所生的女儿。她的脸上也确乎有一种生来就遭人遗弃的寂寞模样。她坐在房间的一个角落里，一副洁身自好的架势，一个喝醉了的家伙，端着酒杯，走了一段弧线，来到她面前，要求碰杯。他将脸凑近她耳旁，他说："你这是在为谁守身如玉！"说完，他就离开了，去走另一段弧线。

"他是喝醉了。"我向她解释，借以掩饰我偷听了他们谈话的窘迫。

"但愿你没有喝醉。"她不动声色。

"没有，肯定没有。"我对自己说，再喝

一口,润一润嗓子,以免舌头打结。"我向你打听一个人,我想你一定认识的。不过,请你不要回避我的问题。"

"请说吧。"

"干杯!"祝贺谈话开始。"你的母亲是否已经离婚?她抛弃了你和你的父亲。"

"这是一个游戏吗?一个笑话?可不太精彩。"

"请回答!"我得再喝一口,我需要勇气,坚持到底。

"如果肯定的答案合你的胃口,那么是的。"

"是的!"我听见了"是的",我在她身边坐下,"好吧,谈谈你的母亲,她怎么样?"

"嗯!"她似乎在竭力回忆或者选择恰当的措词,"她一直,一直很孤独。"

"毫无疑问。"我鼓励道,"干杯!"

那个沿弧线走路的人又回过来旁听。

"她,她一直一个人住。"

"这正是她的特点。"我想,我应该不时

加以点评。

"她很爱我的父亲,也很爱我。"

"她是干什么的?"弧线人插话。

"是啊,她是干什么的?"这正是多年以来困扰着我的问题。

"她么,什么都干,也什么都不干。"

"为什么?"在弧线的终端,那男人问。

"什么为什么?她为什么要干?有什么要干的?"

许多人都聚拢来:"是啊,有什么非干不可的?"他们议论纷纷。地板在咯吱咯吱地响,过来一些椅子,人们互相碰杯,喉咙里发出咕噜咕噜的声音,像是在漱口。

"她身体不太好,她老了。"众人一起叹息。这是无疑的。

"跳舞吧!"有人提议。人们一下子就散开了。"谁比较年轻?"走弧线的男人临走问一句。他并没有等待回答。

"除了这些,还有些什么?"现在只剩下我们两个人。

"你还想知道什么？"她依然非常平静，仿佛是她支配着游戏的进程。

"没有了。"谈话忽然终止了，我也不明白我究竟想知道什么。"谢谢你，干杯！"

"干杯！"她看看杯中的酒，然后一饮而尽。

"好吧，现在谈谈你自己，你母亲离开你之后，你怎么样，如何生活，还有你的父亲。"

"我，"她说道，"我想说的是，你还是避免听我的故事。"她紧紧地搂住我的手臂。那是在几天以后。母亲下楼送一位客人，我们在房间里喝着半温的茶水。静谧已极，寂静本身几乎都成了一种声音。我们相对无言，任凭手指交织缠绕着。她耳畔的锤状饰物闪动着微光，她的侧面、脖子，在长发之下，仿佛绿树掩映的村落，某种东西在那里消失、消耗。我遵循习惯（仿佛我曾经这样做过），缓慢地对她加以巡视。她的微笑中似乎包含着歉意，一种我所熟悉的东西。没有谁比我们更加心不在焉，我对我们所倾心不已的东西一无所见，或者在其近旁犹豫。我有时闭上眼睛，觉得自己是个幸存者，从战乱之中逃离，受了轻伤，交融于互不相识的人群中间，凝视着，试图发现他们的备受折磨的身躯里所隐藏着的快乐。

我接近了她的外形、轮廓，看到那份轻度的惊恐，仿佛我要闯入某种反常的生活。她沉睡时，或者假装沉睡时，发出浊重的呼吸声，这会将我惊醒，并且陷入失眠状态。这是不可理喻的。对我自己尤其如此。

母亲从外面归来，走进我的房间，用一种询问的目光看着我。她也不会得到答案的。

她向母亲礼貌地微笑。我们继续喝茶。在这一瞬间，我看见自己从过往的生活撤出身来。我的悲悼的仪式已经结束，道具都已被撤换下来，灯光已经熄灭，深处的若明若暗的景象彻底消逝了。我们起身，下楼出门，来到街上。让人流将我们淹没。

谁也看不到生活的这一面，它存在于我们相互错失的一页中。我们读到的，最终只是无法接续的碎片。它们最后被装订成册，仿佛我们的生活原先只是一些活页文选。

"如果我有一天写了一本书。"

我听见我在说，一些类似的话。

"我不会读到的。"苏说。

我曾经想过，用一个最简单的字来形容苏，概括她的一生。我想到"猫"这个字，这中间没有寓意，因为我还想到了她所追逐的那些老鼠。如果每一句话都是一重象征的话，那是苏所无力负荷的。她这样的人，用一份摘要便可囊括其一生的艳史。苏的生命过于短暂，而且已离我越来越远，那些酒精、尖厉的笑声、毫不节制的性欲、她的情人的平庸而怪异的面容都消失了。随同那个年代，仆欧和买办摩肩接踵，大楼的色泽和最初的装潢，那潮湿寒冷的冬季，洋泾浜英语，私人电台播送的肥皂广告，电影和剧社，有轨电车的铃声，轶闻趣事，全都变成了追忆的对象，而它的中心，就是苏的形象，激烈但是不为人知，它是秘密的和私人的，深陷在遗忘之中，只是向我展放。越来越像是镜中景象，冷漠，散漫，次要，在她的故事中没有诺言,如果你为此忧伤,那就永远忧伤。她像正午的沙漠灼热而又荒凉,彻底地袒露在那儿,遥远而又切近,没有玄学的意味,却又使我执迷于此,正如别的事物,别的人之于其他的个人。

仿佛

穴居人就是不死的人,就是沙土混浊的小溪,就是骑马的人寻找的河流……他们全神贯注,几乎看不见具体的世界。

——博尔赫斯

"你,跟随我吧。"

芒芒的祖父在一天中最黑暗的那一刻寿终正寝。他如一名精通各种民间秘术的占卜者般喃喃自语。他的嘴唇是那样苍白,他已经无力辨认的晚辈的恳请使他弥留之际的幻觉充满了恶俗的污秽之气。他眼看着自己顶着盛水的瓦罐，沿着死亡之船的侧舷朝大海走去……天哪！蓝色。

哀痛的日子过去以后，芒芒开始着手整理祖父的遗物。他将一册夹有若干黑色头发的情书以象征性的低价转给了一个沿街收破烂的男人，将一只刻有外文字母 a 的沙漏送给了他二十岁之前的第一位相好。他祖父生前最为钟爱的一套烟具，则由芒芒悄悄地卖给了邻里中一位不知名的烟具收藏家。余下的那些长袍马褂被芒芒扔在后院堆着的破旧杂物之中，"让它们全烂掉，"芒芒最后看了一眼祖父的这个齐整的院子，"将来我要种些玫瑰。"他带着祖父遗下的一册家谱和一袋铜币外出浪游去了。他把榆树枝编成的柴门远远地落在身后。玫瑰。他念叨着。

"你的姓名？"

芒芒穿过一个由恶狗看护的盐庄，一个人

声鼎沸的假货集市,像一个幼儿从管束他的学校来到了就他所知世界上最大的城市。他沿着城墙步行了两个小时,依然没有找着供人出入的门洞,面前这个眉清目秀的男子已经是他遇见的第二个盘问者了。

"阿芒。"

他看见一溜老鼠混杂在一群神情疲惫的幼猫之中,顺着凹凸不平的城墙鱼贯而下。

"现在是秋季么?"

"是又怎么样?"

"不是说只有秋季才能入城么?"

"是谁说的?"

"一个过路人。"

"他的姓名?"

"我忘了问他了。"

这个盘问他的年轻男子用他那锐利的目光盯了阿芒一会儿。"你要是再遇见他,可别忘了。"

"好吧。"阿芒有点绝望地答应了。他知道他对任何人都没有记忆。

"我可以问一下,你是谁吗?"

"我的姓名是时令鲜花。"

阿芒在两小时之内碰到的另一位盘问者叫夏季藤萝。他同样给了阿芒一些富有暗示意味的忠告,譬如时下城内正盛行烛光裸体操,这一由口令伴奏的私下娱乐,很快就将予以取缔,否则城里人在极短的时间内就将丧失绝对辨音力,沦落到对美妙音乐无动于衷的痴呆地步。又如体温调节医院刚开设了秋季门诊,并捎带出售冬季被褥等等。

时近黄昏,阿芒摆脱了鲜花的冷酷纠缠,终于凑到了入城售票处又高又窄的小窗口前。在通报了姓名、籍贯、职业以及过失记录之后,售票处的女职员又问了几个纯属个人嗜好方面的问题。其中的一个是,你喜欢吃很咸的食物吗?阿芒的回答是:口重。

女职员从狭窄的小窗口内顽强地探出脑袋来,表示赞许:我也是。

阿芒不由地打消了那两个盘问者给他带来的烦恼。女职员的善意令他愉快和兴奋,并勾起了他攀谈的兴致。

"我最推崇的是臭咸鱼和冷猪油,太太,您呢?"

女职员顿时怒火万丈,将她的那张老脸打窗口缩了回去。"我是个处女!"少顷,又伸出头来补充道:我也推崇冷猪油。售票处的窄门在老处女的一片嘤嘤的啜泣声中掩上了。

阿芒明白,今夜入城无望了。他感到自己犹如一只悒郁的幼年飞蛾吸附在傍晚时分清凉的墙壁上喘息着。我的祖父死在五千公里之外。他对自己说。我离这个爱幻想的老头是多么遥远啊!他是个天真的老汉。他和祖母做爱时的模样是那么笨拙。他多像一只饮水的单峰骆驼呀。他忧伤地回忆着祖父的音容笑貌,仔细地回味他的言谈举止。他与祖母离异时的凄楚神态,至今令阿芒伤感不已。

瞑色四合,夜风温柔。入城的人群仍然络绎不绝。阿芒的众多的至爱亲朋就隐身于这川流般的芸芸众生之中。他们在阿芒初谙世事之前就陆续离开了祖父和阿芒,他们把这一老一少看作稚嫩的苟活者,他们卷走了祖父的大量不值钱的饰物和一些贵重的赌具,他们操着浓重的乡音混杂在难以辨认性别的大批盗墓者之中涌进城里,他们曾唤人捎信给祖父和阿芒,说他们在异乡过上了闲适可人的好日子。他们的奢侈之一就是瘫软在夏夜的啤酒泡沫里,以伸展的四肢象征尽情欢愉之后的倦怠。

祖父的纯洁的心灵,不断地为这骇世惊俗的消息所困扰,终于迷惘得难以自拔,身体也变得越来越虚弱,昼夜喘气不止。而阿芒则凭着少年的聪颖一下子领悟到他将要面临的境遇。他开始变得出奇的镇静。他每天跑到一个独眼小贩那儿去买沾着露珠的杞子草,再到左边一处年代久远的磨房外的草丛里选一株伞形菌。他将这两样东西再配以从后院植被中取出的腐水,加上一只飞蚊的羽翅。他严格按照上了年纪的人的说法,让祖父强忍着恶浊之气吞下它们。"琼浆玉液。"阿芒对祖父说。"安乐死。"他这样宽慰自己。

阿芒知道自己对祖父的死负有不可推卸的

责任，但他没有因此而感到良心上有什么不安，反而暗自为此惊喜不已。这是阿芒有生以来肩负的第一个责任。在祖父过世后典当遗物的整个过程中，每当一件文具或几帧小照出手完事，阿芒就在内心里喜得一惊一乍的，他感到自己热爱上了生离死别这类事情。他希望乏味的生活每日或者至少隔日能有一个变化，他甚至对雨中在天空滚动的雷声也寄托了朴素的期望。"我亲爱的祖父，"他念叨着，"我卖完了你的东西，就去找大家。"

在阿芒离开家乡的前一日，他去祖父的墓地转了转。自从祖父下葬后，他从没来过这儿。"我对死人没兴趣，你有么？"他对任何一个问他这一问题的人说，声音中洋溢着一种解放感。"命归黄泉，这是免不了的。"他这么想着，在傍晚的城墙外晃来晃去。就像一个真正的流氓。

就在阿芒放任自己的臆想沉溺于支离破碎的旧日故事的当口，晚霞中来了一位携带着一大群羽色不一的雄性鸽子游历归来的中年男子。

这男子，鬓发全无，面有菜色却又神采飞扬。他一身素净的打扮，在脚下那些咕咕乱叫的鸽子的簇拥下，一步三摇，朝阿芒慢慢踱来。他如在水上，轻盈飘逸，没有丝毫尘土的气息。"少年！你就是阿芒么？"

"我想，我死去的祖父不会反对我叫阿芒。"

"那么说，日前我在野外荒地里所做的梦，完全应验了。"养鸽者在墙边顺势坐下。他似乎不急于进城。

几只红眼雄鸽呼扇了一下翅膀，便站到了他的肩上。它们轻啄着主人的布衫，在主人多毛的手臂上来回走动。

"阿芒，你知道么，我是你的父亲。"

"是么？可祖父生前一直对我说，你一直在躲着我，就像饿狗躲着腐肉那样不自然。你现在来找我有什么事么？"

"你真不愧是祖父的孙子。我们家的人都擅长比喻。我来找你只不过想验证一下我昨日的梦魇。"

说完，养鸽者便在暗夜里闭上双目，沉醉到自己的梦幻沼泽中去了。阿芒的辩白全像催眠者口中吐出的话语，令这位自封的父亲向内心越陷越深。

"……在你来到之前，"雄鸽们像一阵混沌的脏雪飞到他微敞的胸际，然后又自由地坠落下来，"在你来到之前，那位演唱悲歌的伶人已经离开。他说，诗人有两件事可做，流浪和回忆。他在日出前与我辞别，他朝远处走去。我看见他的背影和未来的遭遇。我和他交换了有关幸福的渴望，在芦苇的一侧口含水芥。他随风而去，睡着了一般。在风的宫殿里，他闭目侧卧，他在睡梦中倾听良知那司晨的喁语……他已离去，而我将在秋季的风笛声中死去，安详得如同假日里的一次午后小憩……你可以找到我的住所……阿芒……流浪和回忆……"

现在，对阿芒来说是一个崭新的时刻，他住在亲戚家的一间不小的顶楼里。房间的天花板上糊着一些好看的图样，并无什么意思。四周全开着窗户，好使日光在白天中的每一时刻都能便利地进入房间。屋子里有一股女人的气息。阿芒以为准有一位固执的女人在这里花了一生的时间写过一本记录气味的书。还有一种可能就是从前是女人用来更衣的地方。一个年轻男子有沉醉于其中的可能。

"你喜欢这儿吗？"领他上楼的这位女子，年龄与阿芒相仿，浑身散发着一种清澈的气息。

"你不要急着下楼，"阿芒在窗前拉住她，"你除了替我拉开窗帘，平时还做什么呢？"

"我一直在等你来。"她轻轻一下就推开了阿芒毫无经验的手臂。

"你能告诉我，你是谁吗？"阿芒径直跟到门边。

"你。"

门被她轻轻带上了。

阿芒在顶楼里住了许多年，他的简要的经

历是这样的:

最初,他通过四扇窗户观察周围的世界,小心记下子夜的风声和午时的水音。过了一段不太明显的时间,阿芒开始做一种远眺游戏,他管这叫作视力的柔韧体操。他记录了一些星象的异常变化以及若干不明飞行物的踪迹。他还给远处山脉的轮廓描绘了一张五彩的精细图例。最后,在他的不断的疲惫的启示之下,他转向了在女人堆里的永远无法穷尽的浪漫经历。

一个初秋的傍晚,阿芒在窗前的夕阳中翻阅陶列的《米酒之乡》。这是一部探险小说,描写一群土著的一次喜剧性的迁徙游戏。小说是从对一株仙人掌的描写开始的。

阿芒读得很入神,当天色若明若暗的时候,那个叫"你"的女子上楼来敲过一次门。

阿芒没听见。一位土人对一头羚羊说,你走在头里,我随后就来。阿芒顾不上吃晚饭,他为欣喜的阅读所驱使,紧跟其后,到西域的镜子湖去了。洗澡的仙子们正在湖畔更衣,他们的沐浴马上就要开始。阿芒感到绸子做的窗帘在他的面颊上拂过。晚霞中的风,他想。

所有的窗子全都打开着,陶列的著作《米酒之乡》也打开着。微风吹动它翻了一页,远远地看不清字迹,想是阿芒已经身陷囹圄,不知其返了。

房间里有阿芒遗下的一袋铜币以及一册家谱。

"他一定是馋了。"

阿芒犹豫了一下,人们也许会这样认为:这是一个贪吃的家伙。

他让这一刻重演了一次,以期发现背后的真实含义。

阿芒被这本题为"米酒之乡"的著作完全迷住了。他花了整整一个夏天的时间在顶楼上潜心研读这部古板的著作。到了秋季,情侣们纷纷簇拥着涌向街头巷尾,做晚饭后的随意漫步时,阿芒已经完全彻底地不能自拔了。

阿芒叫书中那些驾着古老的舟楫在米酒之乡的浅湾里终生做着浪漫游历的童男们感动得

五体投地，他们豪饮时吟唱的那些缺乏变化的歌谣，他们相互祝酒时那种粗俗而随意地插科打诨的能力，全叫阿芒迷恋得如痴如醉，犹如他花了一个秋天读的不是一本书，而是装订成册的、飘着异香的酒精。

这本在顶楼的樟木书柜里放了很久的书确实弥漫着一股香气，能够让耽于冥想的阿芒沉醉其中，乐而忘返。

这一个秋天，这一个令人难以忘怀的从头至尾充满着痴迷的苦读的秋天，永远不会再来。

阿芒用他那纤弱的手掌推开紧闭了整个酷暑的窗户，他想让略带凉意的秋风吹醒他，让他重新真实地感受这个顶楼上的一切。这些杂乱无章地堆在一块的书籍，这些有余晖映照的窗棂，这些叫人践踏过许多年依然有着清晰纹路的柳木地板，以及这扇紧闭了一个秋天的木门。

秋季的晚风捎带着浮想般的温存吹临阿芒的额头。这是我的最后一秋。阿芒想。我不打算再捱过这个秋天。我要试着进入米酒之乡。

我不打算让四季的交替再来烦我。我将学会喝酒和陶醉。

当阿芒没日没夜地忙于跟书本交流异想时，城市里的生活已经发生了很大的变化。长裤党和短裤党关于夏季时装的讨论早已成为历史，这些极富变通能力的时装设计家们通过一个夏天的口干舌燥的辩论，终于互相友好地屈服合伙成立了秋季中裤党。接下来的论题是：在充满爱和情感的秋季穿中裤的人们配什么样式的袜子最合适。

阿芒不知道这些，当然，他也未必会光着身子朝文字世界逃遁。他不理会这些事情，他正忙着在那堆旧书里挑选随身携带的读物。他是个聪明的小伙子，他不打算一直待在米酒之乡。阿芒琢磨着一有机会便弃它而去。

天色很快就要黑下来了，在一片游移不定的混沌之中，阿芒看到这样一些书名：《打捞水中的想象》、《有树的城市》、《停车十分钟》、《你将读到的历史》。

阿芒匆忙地将它们放在一块，用几米棉线

来回缠紧。

这时，楼梯上响起了噔噔噔噔的脚步声，接着是嘭嘭嘭嘭的敲门声。

"外面是谁？"阿芒谨慎地问道。

"你！"

"你是来送晚饭的吗？"

"是的。"

"好吧，请你端回去吧，我要去别处旅行。"

在夜色的掩护之下潜入米酒之乡，这一选择，阿芒是严肃考虑了很久的。他知道自己不是个为声色所左右的肉食之徒，并不存在于放浪形骸时在女人的怀抱里烂醉如泥直至魂归西天的颓废行径。他认定自己还是个纯洁无比的少年。米酒之乡使阿芒魂牵梦绕，完全是阿芒那特殊的阅读方式所致。

现在回想起来，阿芒的祖父无疑是个地道的老天真，当全家人神魂颠倒为一句咒语所驱使倾巢而出时，唯有他在花园里的竹椅子上端坐不动。小孩子们在他们母亲的声嘶力竭的吆喝声中，逃命般地蜂拥而去，就在这当口，祖父一伸手，拉住了阿芒。这是奇异的一刻，一种类似凝神屏息的感觉抓住了他。就在这一瞬间，他们感到是那么的心心相印。"我将陪伴你，老头。"花园有如为月光所清洗，笼罩着一重黯淡的光辉。这是人们交媾和百般温存的时刻。"草木花卉将有一个世纪不再生长。"祖父和蔼地端详着孙子。

阿芒对正在发生的一切心领神会。他曾被告知，当他降临到尘世的那一年里，街上满是跳神的巫婆，她们全由胸脯丰满的妙龄少女扮演，这些过早成熟的女子全是精通房事的青楼户主，她们独当一面左右了这一带的繁荣，尽管因着世事纷争的逐渐平息，她们全都销声匿迹，但她们的气息依然充盈在街道的上空。阿芒在这样的空气中长大成人，自然而然地承袭了花前月下的优柔的敏感，佐以祖父那不顾一切的独断的教养，他很快就如一个阉人一般六根清净了。

阿芒面对突如其来的整个家族的逃避行径不卑不亢。他在空落的院子里不慌不忙冲着祖父偎依过去,他抚弄祖父的平直的短发,将面颊贴紧祖父浮云般的苍老面孔上,他深知祖父需要他,需要一个男孩、一种同性的顺从。

祖父是个热心而勤勉的拓荒者,他在破烂王国里拥有绝对的鉴赏力,他深谙被人遗弃的杂物的脾性,他周旋于其中,也将永生于其中。"我将教导你接近它们。我将唤醒你的悟性,你终将热爱它们。"

在祖父众多的珍贵收藏之中,有一册线装的家谱,深深地吸引了阿芒。不言而喻,这册纸页泛黄、散发着霉味的家谱跟阿芒的家族毫无关系,但祖父一再谆谆教导他,要仔细研读,不得有丝毫疏漏。"家族都是彼此相似的。"祖父曾点拨道。

阿芒小心翼翼地翻弄着书页,一股腐败的气味扑鼻而来。"我呛着了,祖父!"

"呵,你兴许是闻到什么了吧?"

"什么?"

"他们的气息和他们的故事。"

是时候了。阿芒告诫自己,这是最后一次

从外部阅读这本书。他从扉页开始，不放过任何一个细小的局部。米酒之乡是一个广大的区域，当然它是随意出入的，可是千百年来似乎一直无人问津。人们为什么不去涉足这些很久以来一直朝他们敞开着的地方呢？他们是有意忽略还是不感兴趣呢？

阿芒翻到第七十五页的倒数第四行："那些裹足者从飞扬的尘土中浮现出来，他们走向道旁的酒店……"阿芒继续往下读："他们在陌生的店堂内纷纷落座，和和气气地向店家要酒。店外是一派暮色。只片刻工夫，就醉倒了一半……"他几乎辨认不出接下去的文字，他朝其中的一位长者伸出手臂，那人差点要仰倒在地，他从唇间喷出一股酒气。阿芒连忙将那册家谱夹在书中间，我兴许还要打这儿回来呢。

你坐在顶楼的窗前，她端来的晚饭还放在桌上。时光在窗外的暮色中飞速地流逝，你保持着最初的坐姿，她挺着腰，凝神望着窗外。日子似乎又到了秋天。

这中间过去了多久,她不知道。她的面前是一册家谱和一袋铜币。阿芒曾悄悄告诉过她,说是祖父的遗物,但她对这个所谓的祖父毫无印象,眼下这两样东西反成了阿芒的遗物。那似乎都是另一个秋天的事了,她请来了一大批有着秘密身份的男人,去寻找阿芒。他们每人都通读了一遍《米酒之乡》却还是入书无门。他们正读,反读,跳读,寻章摘句或断章取义,直弄得满头大汗,仍然没有人朝米酒之乡哪怕伸进一条腿去。

你在他们折腾了大半夜之后,指着第七十五页说:"你们!没留意这个酒店吗?他有可能在这里面。"

"你能断定吗?"这些男人异口同声地喝问道。

"我进来的时候,书正翻到这一页呢。"

那时候正是秋天,那些男人们互相推搡着挤进了楼下院子里的那口地窖。据他们说,经观测星象以及用纸牌算卦,他们求得,《米酒之乡》一书所描写的这个挤满裹脚者的酒店绝不是非尘世的，穿过楼下院子里的地窖，在黑暗中行走七七四十九天外加半个夏天，当见到一线光亮时，那上头就有可能是第七十五页所写到的那酒店。"我们将在那儿抓获他！"

"我们要善于等待！"你安慰自己道，"晚饭还没有完全凉了呢！"这位女性对自己的命运有些深刻的了解，她不断地紧紧抓住现实的感觉。比如，在夜空中掠过的飞禽的影子，用以慰藉她在静坐内省时体味到的飘泊感。她宁愿相信她对过去和未来的无知，也不愿在历史中翻箱倒柜。她没有告诉过阿芒，她本人也叫芒芒。

这中间包含着一个小小的秘密。它隐含着寻找和期待两个方面。芒芒隐约感到，她打从出生起几乎一直就在这楼里跑上跑下，往顶楼送饭是她的永恒使命，那些个在顶楼里居住的男人几乎全是不辞而别，以各种各样的方式消失得无影无踪。芒芒只得干坐着苦苦等待，好给他们热一热凉了的饭菜。这样的故事不断地在顶楼里发生，日积月累，变得像神话一般令人难以置信。

芒芒就这么端坐不动,让秋天的感觉在她身上渐生渐灭。她细细体味季节本身的变化,分辨晚风在初秋、中秋和深秋的各种甜味。她如此全神贯注地沉浸在对时间的思考之中,心里是既甜蜜又哀伤。看着秋叶沉稳地扑向地面,芒芒突然在内心深处爆发出生殖的欲望。她恍惚间感到,似乎是在靠近顶楼的那几阶楼梯上受的孕。她感到她的皮肤紧贴着楼梯的木栏,一种甜蜜的撕裂感以令人惊厥的痛苦之手猛攫住她的下体。这会儿在顶楼里居住的是谁?芒芒问自己。

芒芒依旧坐着不动。她希望保持这样的姿势直至分娩。她抬起手臂,将手指并拢凑到唇边。她想找回与人接吻的感觉。那无数的吻印早已叠加着深深嵌进嘴唇的所有纹路之中,幸福和辛酸显然已无处不在,嘴唇的颜色在一夜之间由鲜红变成了深紫。她似乎是在守候冬季的死亡,一阵彻骨寒意从冰冷的子宫里升腾而起,涌向她的脑际。分娩!她对自己大叫一声便被一片冷血淹没了。

这个秋天没有一丝雨水,除此之外,并没有其他异样之处。阿芒在酒店里坐定,他惊异于自己没有了愤怒的感觉,他就像在一大片水上滑行,乘着文字之舟顺流而下,他不能在任何一处多作停留,书页像风一样翻动,又像浪一样止息,米酒之乡犹如一个无声的世界,把一切黑暗的冲动全部引向一次最终的酿造和畅饮。

在跨入米酒之乡的瞬间,阿芒就有了一种延伸感。它和对人体感官的超越不同,不具有经验性。它又与思维的抽象性保持距离,不承认法则的认同可能。它似乎是对无限性的一种安慰,是黑暗至极时产生的一种光明的错觉,是在呼吸中体验到的一种搁浅感,是从生的反面向死亡的一次逼近,是对缠绕灵魂的不可企及的解放感的一次转瞬即逝的解脱。

阿芒试图在喝第一口酒之前重新验证一下七情六欲,但是就在他回忆往事之际,他已离开了酒店。他完全为收获季节的繁忙景象吸引，在来回奔波的农人间徜徉。原野上绵延不绝的劳作使阿芒开始怀疑自己的短暂身世。与生俱来的那种焦急的询问在原始而又亘古常新的耕种者面前显得安详起来。但是阿芒明白，这种探询的欲望会在别处焕发出它的光泽，把人的心灵重新引回到焦虑的炼狱之中。

《米酒之乡》并不是一本很厚的小说，即使如阿芒般彻底潜入它的内部，也是很快就会走到尽头的。问题是这是一部可以让人从里外同时阅读的小说，它命该如此。

芒芒等得实在有些不耐烦了，但她又对自己端坐的姿态十分满意。她不愿意用在房间来回走动的方式来打发时间，无可避免的结局便是捧读身旁这册惹是生非的小说。

她将阿芒匆忙间夹在书页中的家谱移开，她不打算从头念起。第七十五页，她找到了那家酒店。

芒芒将手指按在她的目光所及之处，似乎她害怕这些文字会像携带瘟疫的蚊蚋一般飞动起来。但是这些文字确实移动起来，透过它们的间隙隐约可以窥见一个芒芒所熟悉的孤寂的身影。他脱离了米酒之乡的具体环境，漂浮在一个杜撰的世界之中。他通过这种荒诞的游历将他的身世和他的内心历程向芒芒呈现出来。

秋季是他生命中的唯一季节，他所有的故事都发生和终止在秋季。甚至他写过的唯一的一首诗也是关于秋季的。这给芒芒一种感觉，就如背景是静止不变的，而人物的每一个单纯的手势，每一个呆板的表情都是一次隐喻。故事并不复杂，但任何解释都叫人感到隐晦。

阿芒坐在祖父的花园里拍卖祖父的遗物，而此刻，祖父的遗体就在阿芒的身旁。秋高气爽，阳光明媚。这使星期日的拍卖格外的顺利。阿芒对墓地和下葬不感兴趣，这类与死者共同参与的仪式令阿芒心慌意乱。

有一个过路的中年秃子想要祖父的那顶毡帽，阿芒便把他领到草草钉成的棺材前。阿芒漫不经心地从死者的头上摘下帽子。"他本不该戴的。"阿芒嘀咕道。

"是啊。"秃子附和道。接着他又要死者脚上的那双布鞋。"这么着吧!"阿芒建议道,"你把他拖了去吧,省得我去给他下葬了。"秃子吓得扔下毡帽就跑了。

这类伤天害理的行径叫芒芒看了恶心。

随后,阿芒带着一脸游手好闲的神情,出门寻找他的离散多年的亲属。他在一处城墙下与一个贩鸽者搞得情投意合,一个晚上吃掉了一百只雌鸽,他还跟守门人的女儿调情,弄得一个规矩人家妻离子散,把一个好端端的黄花闺女变成了没脸没皮的泼妇。

阿芒总算挤进城来,他四下打听,到处探访。这段流离失所的生活使阿芒发生了变化。

永恒的秋天。

阿芒在一个寄宿学校的走廊里停住了脚步。学生们还在远处的操场上不耐烦地摆动着肢体,目光严厉的教师在他们的四周巡逻似的来回走动。其余便是初升的太阳和什么人吐痰的声音以及不可或缺的清嗓子的声音。

"你是来寄宿的吗?"一个油头粉面的中年人上来搭话。

阿芒不知如何作答是好。"这是旅店吗?"

"也可以这么说吧。"

"我不住店,我是来找亲戚的。"

"闹不好我们这儿正有你的亲戚呢!"

"你是干什么的?"阿芒有点喜欢上他了。

"我是校长。"

阿芒在这所貌不惊人的寄宿学校里待了半年时间,他徒劳地在师生中搜寻他自己也闹不清的所谓亲戚,结果招来了好些私生的弃儿跑来大叫大嚷地要认他做父亲,这让阿芒着实羞愧了一阵子。另有三五个轻佻的女生,每月一次跑来左一声右一声拖着腔打着颤地管他叫表哥,这又让阿芒迷惘了一个时期。

只有到了夜深人静之时,才是阿芒的好时光。那位小白脸校长悄悄地来到了他的身旁,他们通宵达旦地促膝谈心,那些个不眠之夜倒是叫阿芒开了眼界。这位校长先是许诺一定帮阿芒找着亲戚,接着便与阿芒厮混起来。这人有杜撰欲,他擅长在所有真实的事情上加花,直至最终让乱七八糟的花边把事件的真相掩盖起来。

"我是一个孤儿,"他先把自己毫不犹豫地抛进一个悲惨的境遇里去,"我从小就没有得到过父爱。"校长察言观色地稍作停顿,见阿芒没有明显的反应,便加强语调的变化。"我从来就不知道抚摸是怎么回事,我根本就不知道我的母亲是谁,我至今不敢妄想博得女性的垂爱……"在这些肉麻的污言秽语出口之际,他的干瘦的手指朝阿芒伸将过来。

"啊!……"阿芒夸张地大吼一声,吓得校长两天不曾小解。

这一令阿芒啼笑皆非的经历使他愈发怀念起祖父来。当初,祖父一把拦住阿芒,没让他随家人席卷而去是有道理的,祖父的预见性是显而易见的。

我的犹豫不决永远伴随着我的回忆。芒芒想,这非常自然,我的思想中间混合着沥青和米酒的气息,诗歌只是我的心灵休息时的一次漫不经心的唱喏。她颂扬最高的法则与她贬黜卑下的欲念同样是在一瞬间，这类惬意的走神不断地巩固着一个女人的感性，使她在短暂的情爱和悠久的历史中间悠然自得。

从她对她所不曾占有的生活的拒绝中，她听到了阿芒的脚步声，那里的土地似乎异常坚硬，行走的声响足以贯穿任何小心的假设以及大胆的求证。这冥想之邦的漫游以尖利的抽象毫不迟疑地刺穿言词和书，然后，收回她的柔软的慰藉，把切割成块的现实以及粘连着的感觉扔向一派虚无之中。

阿芒走得未免过于匆忙，他没有留下让人猜度的任何迹象，犹如奔马和锁，以他精神上的飞跑使他人的想象力陷于荒谬的拘束之地。他和顶楼之外的世界有一种天然的陌生感。他用一本书为自己筑起一道屏障，在近于变态的阅读中超越现实的企望过程化，最终化作屏障的一部分，使外界和自己同时归于乌有。

芒芒望着打开着的《米酒之乡》，竭力平复自己种种转瞬即逝的联想。顶楼为午夜和风所守护，它们同样也守护那些豪华的思想那些简陋的渴望。花园在黑暗中充满隐秘的窒息之感，这是所有佝偻者起身呼吸水分的时刻，成长和衰老平易地使夜行者疲惫了，他们开始绕着整饬的街道和古老的寺庙闲散地踱步，他们的幻觉中叠现出母亲哺乳时的雄姿和爱情曾经给他们带来的小小的错乱。他们熟悉的房屋倾斜起来，让他们观赏那霉湿的底部。太阳轻易地浮升出来，照耀那些假想的栅栏和篱笆，直到月亮出现在那布景一般的天空上，驱走滞留的温暖和装模作样的透明状态。树和其他的植物都在生长，纷繁的色彩像在回忆中那么变幻着，一刻不停地催促芒芒的想象向户外的画意靠拢，令人乐意流连于手足无措之中。

在众人一致唾弃的颓废之外，在缓慢移动的树木和季节之外，在潮汐一般恒常的悲哀之外，芒芒依然没有走在友谊和关怀的节拍上。她和阿芒的臆想隔着米酒之乡厮守着。她安静地凝望这本书，一切无所用心和别有用心的浏览全部退向一侧，给深刻的无知让出路来。

芒芒觉得《米酒之乡》好似一部编撰极为精致的诡异的辞典。娟秀的风情和凶神恶煞般的诘问被井然有序地安排在同一风格化的部首里，对杯中之物的回味和酒后的放肆则被小心地隔开在不同的诠释之中。书中诸人的行走和驻步甚至不能给他们自己带来变化的喜悦和变化的困惑，这些人物面目可疑，似是而非，说起话来众口一词而又各有阐释。甚至很为阿芒担心。很难想象他会走失在哪个狡诈的迷宫或掉落到哪个和蔼的陷阱里。芒芒不知道阿芒的祖父一如阿芒不知道芒芒所有的那些七叔八姨，他们确乎叫一次从书中模仿来的拙劣的迁徙隔离开来，很快就从音讯全无落到了相互难以辨认的地步。而如今，这个不期而至的浪游者刚刚回到家中，还未及真正确认他的位置就在顶楼里消失不见了，实在让芒芒担心。他不像芒芒周围的那些人。他们在这个地方神通广大，且又个个臂力过人，像翻墙入室及杀人越货的事他们都不乐意干，他们整天聚在一块琢磨宏大的打算，诸如：在什么时辰给月亮加冕，在什么时辰替彗星清扫道路，要不就忙着换算牙慧的比重，再就是默候小肚鸡肠的回响。他们又热切又谦卑，又温和又固执，早已在这个城市有了些名声。

芒芒又将思绪收拢到面前的这本书上来，这一回，她微笑起来，觉察到一些有趣的现象。她感到自己和阿芒有一种关联，一种血一样发腥的引力，它敦促芒芒向内心深处拼命奔跑，试着抓住一度浮现出来的近似感。这种似曾相识的感觉让她濒临不加解释的恐惧。她不是一个男人，没有一种无所不在的进入感，也没有一种足以摆脱一切的退却感，更没有那种在有限之中消失不见的勇气，她唯一所擅长的是在这处花园中的小楼顶层静候阿芒的复现，直到一切化为齑粉。她的等待比时间更久长。

她并不是一名具备了特殊机制的人，能够仰仗数学演算和最纯粹的世界保持联系，她也无力借助线条抑或色彩在一种抽象行为中把世界还原到一个平面上，她也不想利用节奏和旋律来强化外部世界的寂寥感，所有由内向外呈现的形式企图都和一种莫名状态混淆在一起，并由充盈在时间和空间之中的玄学护佑着，不受任何冥想的侵害。

她曾在秋季的某一日预感到阿芒的出现。他走在一条阒无人迹的街道上，他所经过的那部分空间没有声响，天空为灰云所遮蔽，他的脸孔黯淡无光，几乎看不清五官的轮廓。芒芒惊讶于自己的想象，为什么他没有出现在江河山脉之间，驾舟或者策马，那些自然景观似乎跟他没有关系。他没有山野之气，那种潇潇洒洒的风姿在他犹如一种奢侈。

芒芒居住的这个城市有着甚为悠久的历史，但阿芒的到来使她忘却了这些。她受制于独立于时光之外的叙述，在狭小的顶楼里，睡思昏沉而又夜不能寐。

时间似乎已经过去很久了，阿芒在米酒

之乡步行多时，几乎忘却了他是怎样来到这个书中之国的了。他隐约感到自己是个异乡人，是飘泊和浪游使他远离了故乡。这故乡和他内心深处某种隐秘的欲望维系在一起，而这种生死不渝的维系又依傍着远离它们的漫游。这是精神和情感上的背井离乡，无论忘却或不忘却，阿芒都摆脱不了迷惘的感觉。他在米酒之乡寻找相似于他的整个记忆的什么东西，它没有具体内容，仅仅是一种试图回忆什么的感觉。它和过去岁月中的某段日子，某个地点，某个人物联系着，但又似乎都不是，就像秋天里的一次谈话，在心里留下了那一时刻的气息，那种游丝般若断若续的傍晚的歌声，那种不合语法忽视逻辑犹如借用了异域抑或死去的语言但又迥异于诗的语言的亚语言状态，它和米酒之乡用来陈述祖祖辈辈在民间为皇宫炮制灯笼的百姓的故事所使用的语言不同，但它不是借冥想的名义草率地背弃它，它和它保持一种适当的距离，它们朝一个地方走去，但显然又到不了同一个地方，它们和阿芒的生命相傍而生，左右着他，使他迷失在它们之间。这种迷惘而又执著的感觉又类似于清凉秋季里某个宁静的片刻，在恍惚之间一切全杳无声息，甚至意识不到风的吹动，这时广大的恬适的平静可以被确认是无处不在的。阿芒认识到与生俱来的消隐感在捕捉着他，促使他就范，令他微不足道的逃遁陷入单一而又包罗万象的世界的要素之中，使他所有的朝米酒之乡的虚幻的逃避行为最终全都结束在实在的向置放着无数书籍的顶楼的回归之中。

　　这些形销骨立表情淡漠的人，世世代代就在这块平整的土地上制作灯笼。他们用相思树的枝条做成骨架，然后用祖上传下的油纸围在四周，随后着人送往皇宫以备庆典之用。日复一日的劳作使他们的手指磨成了坚实的肉棍，当阿芒走入他们中间时，已到了《米酒之乡》

的最后部分。

"你们这儿有客栈吗?"阿芒问一个姑娘。

"客栈?"

"我是说宿夜的地方。"

"有一处,"那姑娘毫无表情地用手指朝阿芒身后指了指,"你转过身去,一直向前走,那儿有一座房子,我想你可以在房子里宿夜。"

阿芒并没有看到什么房子,但他听从了扎灯笼的姑娘的劝告,小心地穿行在满地皆是的灯笼之间,在睡意的催促之下,向结局之夜蹒跚而去,道旁的悲欢离合已经不能使他分心。他叮嘱自己快走,他所热爱的故事使他飘忽起来,向着秋夜的眠床重叠过去。

祖父!他的手触到一袋铜币和一本书。噢,他在心底呼出一口气。噢,这季节怎么老是不过去呀?

午夜时分,漆黑一团的天空有流星闪过,似乎是要揭示出夜幕下的若干秘密。同时它也宽容着一些无耻的行径,好像它们生来就是为了互相印证。

《米酒之乡》依然打开着放在芒芒的面前。芒芒不为这个荒诞的故事所动,她只是耐心地等待着。她对自己诅咒发誓,只等阿芒一脚迈出米酒之乡,她就一把将这篇醉鬼的胡话扔出窗外。她深信当它落地时一定化作了一堆枯枝败叶,随后,她要去点上一把火,让它们化做一股烟雾,叫秋风把它们吹得无影无踪。她就这么咬牙切齿地坐着,毫不惋惜时间的流逝。

她这端坐不动的架势纯洁得令人生畏。这遥遥无期的等待使她回顾了许多如烟往事。她的回忆中不断涌现男子的形象,他们如一群子夜的守床者盘桓在她的四周,而她则夜夜踯躅于莫名其妙的躁动之中。悲苦是她的理想,她日常的生活犹如一支庄严而缓慢的乐曲,只是没人演奏,它静悄悄地待在乐谱内,把它所有的沉思和热情封锁在一些彼此孤立的符号之内,它们等着一只巨手去抚弄琴弦,去拨动它们,用纤细的触觉把它们联系起来。首先朝她走来的是吸烟和不吸烟的祖父,他们交替出现。他们管她叫阿芒、芒芒或者芒,他们总是在傍晚的斜阳中端坐在花园中的竹椅上,他们手里玩着念珠或者不玩念珠,他们口中念念有词或者缄默不语,他们起身在花园走两步然后坐下或者根本不走,他们注视她或者全然视而不见。

这花园,芒芒现在可以从楼上的窗户向下俯视,将祖父的故事一览无余。

仍然是秋季。祖父在花园里抚琴而坐,他拨动了岁月的煎熬和时光的重迫,并且引来了陌路人的驻足聆听。他嘶哑的嗓音还哼唱出逸乐的音调,用最为凄楚的欢欣驱散了矮篱笆外的围观者。他是一个伶人,他既为自己的心灵而唱也为无数不期而遇的浪游者讴歌。他歌颂永恒的季节也歌颂稍纵即逝的幻觉,他为灵感的降临幸福地击掌称快,他也为智性的迷失而痛苦地扼腕叹惜。他吟唱完了阳光再吟唱雨水,咏叹完了爱情又咏叹死亡。他聚集起一名凡夫俗子的所有能量向虚幻之境作至死不渝的冲击。他短暂而又快乐地生活在他的花园里，并且最终在那里死去。这一切，都在一瞬之间，都在芒芒这垂下的一瞥之间。

谁都有可能是一次死亡的绝对占有者，但是谁将体验它呢？

祖父依然坐在花园里。似乎在这之前，他已经待了许多年，并且还将在那儿待许多年。他可以将这块有限的花园无限地放大开去，在它的作为他的背景的巨幅画面上，展开从古至今的各种类型的幻觉。他要在这里上演他的生殖和他的死亡，他富于激情地表演他的本能也表演他的心灵。他漫不经心地将内心深处黑暗的冲动展览出来，又悄悄地将它们改头换面，以充满柔情蜜意的坠落散布出去。他的手法像一个梦游者那样毫无节制而又慢慢吞吞，就如在极度的紧张之中活动他的关节……

芒芒完全为祖父的幻象所制约，没有注意

到花园中的杂草已经长得老高,并且已经越过门厅和走廊,沿着楼梯朝顶楼伸张而来。它们在所有楼梯的缝隙里探出青绿色的身姿,散发出一种苦涩的土味,再让这土味去占领杂草无从进入的空间。

"祖父!"芒芒朝花园里那位操琴的老人大叫起来。

"什么事?"祖父不慌不忙地抬起眼帘。

"我闻到一股土味,"芒芒很高兴祖父会跟她搭话,便提高了嗓音,"我刚才没有闻到,我是刚才才闻到的!"

"说得对!土味全是土味!"

"我看我还是下楼到花园里来吧?"

"现在不行。"

"为什么?"

"楼梯上满是杂草……"

对话持续了整整一夜,天色微明之际,芒芒醒了过来,她决定下楼去看看。

她在曙光中关上所有的窗户,将鸟的鸣叫和树梢的摆动挡在户外。最后,她小心合上《米酒之乡》，并用装有铜币的钱袋和那册页边卷起的家谱压在书上，以防她不在时，有谁从里面溜出来跑掉。

芒芒这才去推开房门。

楼梯洁净非凡，就像是她刚刚亲手擦拭一样。如此一尘不染，直让人以为是在梦中，一片枝叶掠过，带走了全部浮土和积垢。

被家族支钱唤来搜寻阿芒的众多神秘人物，此刻正固守在经严密推算求证出来的那家小酒店里，他们一边喝酒一边默默守候一位永远也不会复现的人物。

他们以为他们找到了幻想的源泉，就能堵住所有精神的游历，浑然不知阿芒是一个例外，一个诗情促成的例外。

黎明的时候，阿芒看到室外那些临窗而立的鸽子，它们轻轻地，用嘴捣着阿芒的面颊，跟他说着晨间的话语，然后它们翩然飞去，让那些振落的羽翅在秋季的天空中徐缓下落。养鸽者在一旁望着它们在空中的姿态，似乎是在端详鸽子和天空结合在一起的含义,他仁慈的目光在朝霞的重染下闪闪烁烁。

阿芒想从大地上抬起身来,他感到梦魇是从下面,他的身躯底下压迫着他,使他不能左右环顾。他听见养鸽者一边爱抚着他的鸽子一边在跟他谈话,教导他怎样携带他的冥想和交臂而过的人们相视而笑,去发现他们的良知,体会他们的哀愁。

阿芒听着,听着这些如山岳般古老的话语。他不能深究它们所拥有的全部含义,他试图在黎明中翻过身来,仰沐露水的恩泽,让清新的空气进入他的胸膛,然后,用整个身体去体味养鸽者的训言。

"如果你是我的父亲,我将爱你。"

"如果你爱我,我将是你的父亲。"

"如果你将是我的父亲,我将恨你。"

"如果你恨我,我将是你的父亲。"

阿芒还是无力向着天空翻转身来。

"你应该选择暗淡的水边,洗刷你的内部。"养鸽者说。

"你应该在残忍的爱情中幸福地死去。"
"你应该听取男人的谈话和女人的呻吟。"
"你应该了解夜晚的胆怯和它的粗鲁。"
"你应该懂得水的凄凉和风的苍白。"
"你……"

阿芒终于在不断的训诫声中苏醒过来。他不小心撕破了一页纸,那上面正画着一只盛满酒的杯子,他想,它应该在一片喧响中碎裂开来……

知更鸟在残败的篱笆墙上栖息了片刻,它们佯做无知的神态在夕阳中搔首弄姿,等到光线收走了它的全部暖意,它们便也随同余晖一块儿飞进了暮色的深处。

黄昏的花园里异常沉寂,犹如借着秋季的情调,一个宁静正赴另一个宁静的约会。在影影绰绰的树荫下,被打发去寻找阿芒的人们出现了。

这些人从长满杂草的地窖口抖抖瑟瑟地爬了出来,一个个神情恍惚如梦游一般。他们在黯淡的花园里转悠了一番,相互之间默然无语,就像一群素不相识的陌路人偶然聚在一个陌生的地方,他们有着无可言告的相似的苦衷。

"喂!"他们中间一个精壮男子冲着黑咕隆咚的花园吼叫起来,"有人吗?"

芒芒从过道里走了出来。

"你们找到他了吗?"

即使时间过去一个世纪或者更多一些,这些肩负着秘密使命的人也不会忘怀这令人窘迫的一刻。他们按着他们的智性为他们详细描绘出的精确地点,经过艰难的跋涉所抵达的竟然是出发之地。

"我们以为到了米酒之乡呢。"那吼叫着的男子,声音顿时萎缩了下来。

"你们肯定是在什么地方弄错了。"芒芒说道。

"我们是不会错的,因为我们从来就没有错过。我们从未错过一个安葬死者的夜晚,从未错过一个有甜食的早晨,我们从未因为在大路上扭歪了脚脖子而错过去天使营地的列车，怎么会错过一个不小心掉入书中的傻瓜呢？"

"你刚才说什么？你好像提到了天使营地……"芒芒忽然之间兴奋起来，她没有想到居然能从一群四处游荡的陌生人口中听到如此神奇的字眼，"你们到过天使营地？这么说你们一定见到过养鸽者了，他是天使营地看门的，你们不会没见过他。"

"天使营地是一大片竹林子，没听说有什么门啦窗啦的。"

芒芒不再与他们争辩，这些人显然有眼无珠，进了门说没见着门，推开窗说没见过窗。阿芒肯定是他们忽略了的。

他们就这样站立在花园的正中央，星宿在他们的顶上移动。就这样，他们忘了时间，或者说，至少是芒芒放弃了时间。她想到了风和雨水，接着意识到了口渴，紧接着出现的是瓦罐和溪流，最后她看到了一个老人的背影，他双手随意地放在身侧，给人一种如释重负的感觉。

"祖父!"

老人似乎有点耳背,他微微有点摇晃地朝前走去。

"祖父!"

随着芒芒的一再呼喊,所有发出光亮的东西全都朝暗处隐去。但是老人始终不肯转过身来。

这时候,一股淡淡的、带烟味的、男人的气息在空中弥散开来。

"你愿意回答我么?祖父?"

"你不要打扰他!"这时,阿芒完全被唤醒了。这是一次完整而富有诗意的睡眠,不过他的苏醒是和幻觉相联的。

又是秋天。这种让阿芒隔着岁月的幕帘在恍惚间一下子认出的秋天,传达给这位美少年一缕知命之感,他感到宿命之神在千秋万代之外向他频频挥手。阿芒记起了在祖父后院那些杂草间玩过的那套中国盒子,当时他是那么期望能够如投身繁荣一般跃入最里层的那只闪着黑色光泽的木匣子，将凄楚的平静抛向身后。阿芒。他在呼唤自己。在某个思维的间隙里，阿芒促使自己站了起来。他竭力避免自己去想诸如为什么、怎么办这类不着边际的问题。他将自己的注意力集中在脚底的触觉下，通往天井的过道昏暗得令人能够在这里与神对话，阿芒就像走在一片吸足了水的海绵上。生命是如此沉重。

秋天的天井里，站着芒芒。她浑身上下水淋淋的，就像一只知足的水禽在刚刚登临的浅湾里散步。她的丝丝黑发像一只带吸盘的棕色海蜇紧附在她的大脑袋上，她的五官七窍像日常一样痛苦地拧紧着，她丝毫没有害怕的表情，就像这脉脉含情的季节不可能存在害怕一般。她甚至不像一具动物，对即将面临的一切没有一丝预感。

"你好啊！"她的问候还未及抵达阿芒的感官，她已经开始后悔了。阿芒刚从充满霉湿气味的过道里钻出来，他像过节那样轻松随便，他手里握着一柄锋刃带齿的短剑,犹如走向一头牲畜。

此刻正是午时,阳光从他们的顶上毫无遮掩地直射下来,他们互相听到了对方的喘气声。午间的阵风没有停止吹送,七叔八姨都在各自的厢房里用小柴棒剔牙。

"祖父!"阿芒在心里撕心裂肺地叫唤了一声。他知道自己将要以放弃祖父的家谱、祖父的铜币为代价,赢回他在家庭中的地位。伴随着这一声呼喊,他的耳畔是一派鸽子的咕咕声。这低声的鼓噪先是勾起了思绪接着又抑制了回忆。阿芒有一种遏止不住的欲望,他想象自己是一个远古的武士,急切地想用鲜血来激发自己的意志,或者是一位远古的谋士,焦急地想用鲜血来洗刷多虑的灵魂。

"血!血!"阿芒已经听不到任何内心的音响,一切清晰的抑或不太清晰的内部的询问都幻化成了鸽子的语言。他感到自己无比纯洁。"我要用你的鲜血来证明我自己。"

他们拥抱了。

在远处，在深色玫瑰盛开的谷底，秋天的情调好似幽黯峡谷里倏然冲破沉寂的一声鹿鸣。它飘忽不定而不是无处不在的。纹丝不动的矮脚草在最初的寰宇气息里即已生长，那些在冗长不变的下午静卧不动的林中野兽依靠着痛苦的知觉默候同类间的偶遇，它们的林莽思绪随着它们腥味的呼吸弥漫开去。

秋天。阿芒想到。他们在鸽子那含义不明的微语中拥抱得越来越紧。阿芒在他目光所及之处看到在广场上止步的行人。那是一处思想的广场吗，或者它比较窄小，比较次要，仅仅是一条思绪的通道？人们停下脚步，打量那些被擦拭一新的理想和渴望的遗迹。

阿芒幻觉中的影像随着预谋多时的杀戮变化起来。人群像液体那样溶汇在一起，彼此不分。

几乎是在一瞬间，阿芒感觉到了他幻觉中所见的一切：鲜血的涌动和一种逐渐增强起来的失去感。他感到阳光越来越强烈地照射着自己，然后是阳光的苍白无力。他摸索着试图寻找先前紧握着的那柄利刃，但他在摸索中失去了手的感觉。他的身体先是有一种飘浮感，犹如一只临风的紫蝶。紧接着，阿芒找不到自己躯体的位置了。没有了。阿芒对自己说。

咕咕咕咕咕咕咕咕咕……

阿芒像进入平滑的水面那样进入大地的植被。

养鸽者说，你是我的儿子。

图书在版编目（CIP）数据

请女人猜谜/孙甘露著.-上海：上海文艺出版社.2017.6
（小文艺·口袋文库）
ISBN 978-7-5321-6290-1
Ⅰ.①请… Ⅱ.①孙… Ⅲ.①中篇小说－小说集－中国－当代
Ⅳ.①I247.5
中国版本图书馆CIP数据核字（2017）第109833号

发 行 人：陈　征
出 版 人：谢　锦
责任编辑：于　晨
封面设计：钱　祯

书　　名：请女人猜谜
作　　者：孙甘露
出　　版：上海世纪出版集团　上海文艺出版社
地　　址：上海绍兴路7号　200020
发　　行：上海世纪出版股份有限公司发行中心
　　　　　上海福建中路193号　200001　www.ewen.co
印　　刷：山东临沂新华印刷物流集团有限责任公司
开　　本：760×1000　1/32
印　　张：5
插　　页：3
字　　数：63,000
印　　次：2017年6月第1版　2017年6月第1次印刷
Ｉ Ｓ Ｂ Ｎ：978-7-5321-6290-1/I.5020
定　　价：23.00元
告 读 者：*如发现本书有质量问题请与印刷厂质量科联系*　T:0539-2925888

—— 小文艺·口袋文库 ——

报告政府	韩少功
我胆小如鼠	余　华
无性伴侣	唐　颖
特蕾莎的流氓犯	陈　谦
荔荔	纳兰妙殊
二马路上的天使	李　洱
不过是垃圾	格　非
正当防卫	裘山山
夏朗的望远镜	张　楚
北地爱情	邵　丽
群众来信	苏　童
目光愈拉愈长	东　西
致无尽关系	孙惠芬
不准眨眼	石一枫
单身汉董进步	袁　远
请女人猜谜	孙甘露
伪证制造者	徐则臣
金链汉子之歌	曹　寇
腐败分子潘长水	李　唯
城市八卦	奚　榜

小说